Kadokawa Fantastic Novels

妳以為我的百合人設只是商業賣點？

アサクラ ネル　插畫 千種みのり

CONTENTS

「──我喜歡妳。」

（等一下等一下等一下
等一下呀！）
（居然是歌、歌凛大人
～～～～？）

妳以為我的百合人設只是商業賣點？

アサクラ ネル　插畫 千種みのり

Did you think
my YURI was also business?

定稿

Kadokawa Fantastic Novels

序章

「……因為我喜歡。」

在現場直播節目進行當中，仙宮鈴音不禁脫口而出的這句話，連她自己也覺得訝異。

但那也只是一瞬間的事情。奇妙的是，她的內心毫無動搖。雖說有驚慌了一下下，但也看得出來她很快便下定決心。

從以前就是這樣。

她曾被人誇獎過膽子很大。只要站到舞台上，面前有麥克風，便能立刻轉變態度。

一點都不可怕。

反而是坐在對面的歌凜一臉混亂地看著鈴音。

睜得大大的眼睛顯得動搖，修長的睫毛阻擋了些微滲出的淚水，卻也正在顫抖。觸碰斜前方那座平板電腦的手指，則是一直僵住不動。

不過，她直到不久前都還面色發青的臉頰，依舊恢復了些許的紅潤。

既然如此，沒問題。

鈴音從監聽耳機察覺到控制室窗戶後的大人們正不知如何是好，但她選擇不予理會。

現在一定要說出口讓歌凜知道——讓她知道，她最靠得住的夥伴就在這裡。

「……我這句話，並不是演給觀眾看的。」

鈴音筆直地注視歌凜，斬釘截鐵地這麼說。

「——我喜歡妳。」

1

「……偶像養分真的不夠了啦……」

錄音室附近的酒吧包廂內，仙宮鈴音帶著嘆息吐露這樣的話。

彷彿靈魂即將出竅的那種嗓音，使得坐在她對面的聲優前輩唇瓣流露甜美的笑聲。

「怎麼回事？還沒振作起來嗎？」

彩葺結衣香擺著與嗓音相符的優雅動作，用輕輕握住的拳頭遮掩嘴巴，並且溫柔地瞇起眼睛，看向面前那位比自己小六歲——也就是已經二十五歲，卻還像個小孩子一樣的後輩。

「有嚴重到現在還要掛心？」

「就是那麼嚴重！」

鈴音坐起身子離開原本趴在上頭的桌子後，又大大地嘆了一口氣而垂下肩頭。

她心裡也十分沮喪。因為她最崇拜的偶像已經畢業了。這就如同失去了每天最重要的糧食。

「可是，那都是半年前的事了吧？」

「才剛過半年呢——」

鈴音嘟起了嘴唇。

她在結衣香面前，總會不知不覺間轉為撒嬌似的態度。結衣香也會開心似的接納她那樣的態度，使得她不禁愈來愈撒嬌。

相處時可以毫無顧忌說出心裡話的對象可是十分珍貴。

某部作品慶功宴後要回家時——

『能不能陪我一下？』

結衣香說出這樣的話邀鈴音去喝酒，把人帶去一間氣氛很好的酒吧。鈴音也就是在那間酒吧忽然被對方看穿她是「走那一路的」，讓她訝異不已。

『自然而然地，就是看得出來呢。』

結衣香握住鈴音的手，還在她耳邊如此細語。如此帶來的混亂與緊張，讓鈴音好像心臟要破裂了一樣。

鈴音的腰身被自然的動作一下子摟了過去，臉頰也被結衣香柔軟的唇瓣碰觸。

酒保對這種狀況視若無睹。

儘管內心有一瞬間差點屈服，鈴音還是設法拒絕結衣香的嘴唇更進一步。

鈴音表明「如果只是演給觀眾的百合行為那倒無妨，但更進一步的行為只能跟真正喜歡的人做」之後，結衣香就出乎意料地講了「哎呀，那真可惜」而爽快地接受。在那之後，結衣香和鈴音便超越了前輩後輩的關係，相處融洽。

『我們都是「女同志」呢。』

結衣香當時說了這樣的話。

這代表的是，她們的性向並不是「演給觀眾看的」。

面對粉絲時，有一種展現魅力的技巧稱作「百合人設」。

也就是對外展現姊妹情一般的，女生對女生說出「喜歡」、在女生的友情之間心生嫉妒，這一類女性特有的融洽相處方式。這種表演性質的百合主要是讓男性粉絲產生有如戀愛關係的錯覺。

今天的活動也有那樣的場面。

那是一場三百人規模的動畫影碟發售活動，在各個聲優站在台上聊天的環節當中，主持人問了「最近有什麼開心的事」這樣的問題。

鈴音看氣氛便能察覺做主持的藝人想要什麼效果。

『前陣子，我跟麻璃亞一起去水族館約會了～』

所以，她刻意用了「約會」這個字眼。

對女生而言，約會這種敘述不是只有跟男生出去才能使用，女生與女生出去同樣可以說成約會。尤其是在想讓大家知道她們感情很好的時候。

麻璃亞是作品固定班底中的其中一名聲優——加賀美麻璃亞。她的經紀公司與鈴音不同，但以輩分來說幾乎是同期。兩人之間的感情算滿不錯，平時會互傳訊息。也會隔一段時間就一起去吃個飯。

在這個活動的動畫作品當中，兩人配音的角色也有兩情相悅的設定。

『大家都知道，我非常地喜歡企鵝嘛～』

麻璃亞喜歡企鵝的事情眾所皆知，甚至到了真的有在思考該怎麼養一隻的地步。

『都內的水族館有新的企鵝加入，所以我就在配音結束後邀請鈴音，一起去見牠們～』

『麻璃亞真的很懂呢。像我啊，幾乎都分不出來哪種是哪種。』

『我就擺出一副鈴音男朋友的態度，對她說明。』

麻璃亞以鼻息哼了兩聲，得意洋洋地挺起胸膛之後，觀眾席便發出了笑聲。

『那天很開心對不對～！』

『對呀～！』

當她們兩人互相朝對方歪歪脖子，彷彿看得見愛心冒出來的時候——

『……咦？沒有人邀我去耶？』

同為配音班底的結衣香沒放過這個機會，也跟上這個話題。

『怎麼回事？就妳們倆一起去？什麼時候的事？配音的時候我不是也在？為什麼沒有人找我去啊？』

面對手拿麥克風咄咄逼人的結衣香，鈴音和麻璃亞一副「咦咦？」而退避三舍的態度，一起拉開距離而緊緊捉住彼此。

『因、因為，那一天，結衣香妳之後不是還有事……』

『也可以等我結束後再會合啊？反正妳們逛完水族館也是去吃飯吧？』

『啊……這我完全沒有想過。』

對於鈴音的回應，結衣香面容險惡地挑起眉毛。

看見她那樣，鈴音和麻璃亞露出一副害怕的模樣，緊緊地相互擁抱。兩人的臉頰貼在一起，讓觀眾席不約而同地低聲騷動。

『好了好了，情侶吵架到後台去吵啦～！我個人會想繼續看就是了！』

藝人所說的這句話讓大家都笑出來，活動的這個環節也結束了。

整場活動結束後在網路上一海巡，便發現有許多「今天也有夠百合的，好讚！」「結衣衣的黑暗百合真讓人受不了」這類正面的貼文，使鈴音覺得能讓粉絲開心真是太好了。

女生不太忌諱同性之間肉體上的接觸，有時候會在台上抱在一起，或者是手牽手之類的。假如在工作上和男性聲優有過那種行為，現在這種時代想必馬上就會受到猛烈抨擊，但同性之間這麼做就不成問題。

不過，鈴音是覺得這樣的風氣也不算太好。

她被結衣香看穿是「女同志」以後，兩人在作品中被湊成一對時，還是會積極地做出百合人設的表現。不過鈴音隔了幾個月後，聽說結衣香交了新的女友並開始同居——

鈴音這麼一問——

『妳女朋友不會覺得討厭之類的嗎？討厭那種……百合人設。』

『畢竟那是工作啊。』

結衣香便乾脆地如此回應。

『她也是了解我有演員的身分而跟我交往的，所以能體諒那部分。啊，不過，我後來就真的不太去朋友家過夜了呢。』

鈴音這時也想到，的確有陣子沒有跟結衣香一起過夜了。

女生一起聚在某個同性朋友家過夜真的是很開心。

儘管如此，鈴音依舊隱瞞了自己是女同志的事實。

女生之間正是沒有性方面的目的，才能表現得自由奔放。鈴音不希望自己的性向引人遐想，破壞了大家融洽相處的氣氛。

雖說不曉得其他人怎麼樣，但鈴音不會用那種眼光去看待普通朋友。她曾在朋友身上感受到性方面的魅力，但那和不挑對象、看到誰都會有性愛妄想的心態並不一樣。

……要誠摯且細微地說明這種事情，可是十分困難。雖說不是演藝圈的人，但鈴音確實有朋友因為那樣而被疏遠。

從其他人的態度就可以看出那位朋友遭人戒備。

所以說鈴音才會保持祕密。

但結衣香後來不跟其他朋友過夜，想必不是出於這種原因，而是顧慮到女友的心情。

鈴音也覺得如果自己是結衣香的女朋友，絕對會心生嫉妒。重點並不在於是否真有發生什麼事情，而是伴侶跟有可能發展戀愛關係的對象一起過夜，著實會讓人很不是滋味。畢竟無論如何，可能性都不是絲毫不存在。

「妳要不要去追其他偶像？」

結衣香傾斜裝有單一麥芽威士忌的酒杯，也歪了歪脖子。

一副成熟大人的氛圍。

擺在鈴音面前的是雞尾酒。那是結衣香對酒保說「來一杯和她很搭配的」之後所調配出來的，以蘭姆酒為基底且偏甜。名稱令人有點害臊，所以鈴音不記得了。

「沒有那麼容易啦～」

鈴音發出宛若靈魂出竅的嘆息：

「我可是第一次那麼崇拜一個人，第一次陷到底而無法自拔。」

「記得是叫『對角線』？」

「是的。」

雖說每顆星都有不同的星等，在數量和光輝都如同星辰的眾多女性偶像當中，「對角線」這個團體的知名度依舊相當高，就連沒有興趣的人都至少聽過名字。

她們所有的樂曲都是由著名V家P主製作，再搭上如同啦啦隊一般充滿躍動的舞蹈，所展現的演出便不同於其他偶像且獨樹一格。

那個團體永遠的C位，便是鐘月歌凜——SHOTSUKI KARIN。

根據現已不復存在的經紀公司官方資料，她二十二歲、身高一百五十八公分。其他體格方面的資訊則沒有公開。資料上，她是從兒童演員轉為偶像的。

非官方消息指出她出身東京，讀的高中是公立學校。沒有駕照。無論是怎樣的食物，只要沒煮熟就無法入口。就連水果也一樣。據說是以前曾經歷食物中毒，所以對生食有陰影的樣子。

鐘月歌凜在「對角線」成立後的五年，一直都是C位。

當然，她在歌曲和舞蹈所占的比例都比其他成員還多。要是表演了五首歌想必也會耗盡體力，但她對外一點也不會展露出那種跡象。

隨附在粉絲俱樂部限定版專輯的特別收錄紀錄片當中，有拍到她演唱會過後整個人倒下去的模樣，況且也錄到她發覺有攝影機在拍，因而生起氣來用手撇開攝影機的舉動。

那樣的畫面能讓人感受到「不能讓粉絲看見自己丟人現眼的模樣」的意志，使得鈴音內心為之震顫，差點要哭出來。

「她真的非常厲害喔……」

「總覺得啊，妳這樣就像是喜歡的人轉學了一樣呢。」

對於結衣香挖苦似的這番話，鈴音挺起了身子：

「不，跟妳說的並不一樣。」

她斬釘截鐵地加以否定。

「我對於鐘月歌凜大人的心情並不是真愛粉那種，只是打從心底崇敬她那種嚴以律己的表演而已。」

「哦？可是妳也有買她的寫真集那些吧？照片不會唱歌，也不會跳舞耶？」

「購買周邊是粉絲支持崇拜的偶像所該盡的職責，不過就是納稅的義務罷了。」

「原來是繳稅啊。」

「這是當然。」

鈴音儘管立刻回應，但其實也不光是那樣。

「……不過嘛，我也很喜歡她的臉蛋就是了。」

她是包含這點在內，崇拜著鐘月歌凜的。

鐘月歌凜的眼睛特別出色。

大大的眼睛本來就很迷人，但她的瞳孔含有一點點的綠色，就像黑曜石一樣。睫毛長得好像可以擱上筷子，彷彿每動一下就會產生富有彈性的聲響。

肌膚也是十分白皙。

像是脖子，還有血管浮現的感覺之類的，看著看著就會心跳加速。

現在照片的修圖技術幾乎都能以假亂真，但鐘月歌凜並不是那樣。鈴音曾在握手會親眼見到她，親自確認過了。她就是那麼美——不對，本尊可是比影像更美。

鈴音本來就是比起二次元更喜好三次元的那種人，但她接觸到歌凜後便深刻地體會到歌凜本人的超強魅力。讓人感覺輕飄飄的香氣。涼涼的手掌體溫。這類感觸都是一定要在三次元，一定要是活人才能夠感受到的。

雖說只是短短三十秒的事情，而且是只體會過一次的情境，但當時的氣味、體溫等一切，鈴音到現在還是能夠一五一十地全數回想起來。

此外，還有嗓音。

歌凜的面容真要說起來是童顏，唇瓣也水嫩水嫩的，不過從她宛如具有彈力的嘴唇當中流露出來的嗓音，實在讓人舒服得無法自拔。

鈴音由於工作的關係，對於人的嗓音十分敏感。

鐘月歌凜的嗓音之中蘊含著力勁。鈴音曾看過好幾次歌凜的公開演出，親身體會歌凜的聲音化為風拂遍全場的觀眾席，內心也為此震顫。

其他成員會因為激烈的舞步而上氣不接下氣，唯有歌凜不同。歌凜總是稀鬆平常地，一邊舞蹈一邊完美地唱出歌曲。

她總有一天一定會聞名世界吧——鈴音以前一直這麼想。

……然而，事情並沒有那樣發展。

鐘月歌凜便突然消失不見了。

某一天在社群平台以「重要公告」為題發表的內容，包含相關的字詞在內，都占據了所有的發燒話題。

「對角線」的官方帳號上——

——「自即日起，鐘月歌凜將從『對角線』畢業。」

發表了這樣的內容。

光這樣就是重大事件了。結果她隸屬的經紀公司後來——

——「敝公司對於鐘月歌凜的經紀業務已於昨日終止，特此通知。此外，敝公司難以承接關於鐘月歌凜的聯絡事務，敬請見諒。」

也在網站上刊載了這樣的文字。

各種臆測在網路上此起彼落，像是私奔、結婚、引退、綁架，甚至還有人覺得歌凜自殺了。

網上的影片創作者全都順著這個話題，自顧自地愈炒愈熱。自稱歌凜的兄弟、父母、男朋友的人們接二連三上傳影片賺取點閱數，狀況混亂無比。

鈴音也覺得真實情報一定存在於某個地方，進而到處追尋各種消息，不過到頭來什麼也沒得知。

每個人都想從鐘月歌凜口中聽見真相。

然而——沒有任何來自歌凜本人的消息。

她沒有使用社群平台，「對角線」的網站也刪除了鐘月歌凜的個人資訊。

雖說「有見到歌凜」的貼文張貼在各個地方，但每篇都是不曉得真假的傳言。

由於這一連串的事情沒有什麼捲入案件的可能性，兩週後又有其他偶像被人挖出疑似緋聞的事件，使得鐘月歌凜迅速地遭到遺忘。

不過，鈴音可不一樣。

她根本沒辦法忘記歌凜，幾乎每天晚上都在鑑賞演唱會的影音光碟、望著寫真集，以及聆聽成了最後一張單曲的歌曲。

儘管如此，她卻不再追尋歌凜的去向。

她很早就發覺，網路上的消息無論搜括多少都沒辦法知道什麼，況且就算有個萬一，真有找到可靠消息，她也不覺得歌凜會回去「對角線」。

鈴音能做的，就只有從回憶當中補充偶像的養分。

可是，都過了半年，再怎樣都會覺得不夠。

雖說鈴音不可能覺得反感，但無論是歌凜的影像還是照片，都已經到了就算閉上雙眼，也能歷歷在目地完整回想起來的程度。

然而，與這種狀況恰好相反，原本以為會永遠刻劃於靈魂之中的，偶像的那陣香氣、那股體溫的印象卻一天天地減少，讓鈴音十分痛苦。

「不知道歌凜大人現在在做些什麼呢……」

鈴音這番話夾帶著宛如要沉入地底的嘆息，使得結衣香露出微笑。

她雖然笑了出來，但並不是在嘲笑鈴音。

因為她們自身也是某個人崇拜的表演者。

現在和以前不同，聲優個人有粉絲是很平常的事。無論是結衣香還是鈴音，都擁有不少的支持者。

儘管不曉得這樣算不算是聲優該有的狀況，但有人說喜歡自己的嗓音、自己的演技，可是令人十分感激的事。

「結衣香就沒有崇拜過誰嗎？」

被這麼一問，結衣香讓一口威士忌流過喉嚨，歪了歪脖子：

「嗯……應該沒有吧～就算喜歡作品，也從來沒有迷戀過登場人物，況且我對偶像之類的也沒興趣。雖然有些演員會讓我想欣賞他演過的所有舞台劇，但我不會去買周邊之類的，也對演員的私生活沒興趣，所以不看訪談那些。」

「這樣啊……」

鈴音心想「會怎麼去喜歡某個事物，每個人都有自己的一套方式」。

對鈴音而言，結衣香同樣是一位值得尊敬的前輩。結衣香參與演出的作品，鈴音都毫無遺漏地看過了，但這並不在崇拜某個人的範疇內。

理所當然地，對自己而言不可或缺的事物，在他人眼裡不見得是那麼一回事。理解上的差異，要是處理得不好可是會演變成一場大戰的。

就這方面來說，鈴音可以跟結衣香放心暢聊。

就在鈴音深有所感地這麼想的時候，結衣香忽然講了一句「說起來」並且讓手肘撐在桌上：

「妳有聽說嗎？我們這邊好像會有新人加入喔。」

鈴音的視線有點渙散：

「咦？在這種時期加入嗎？」

兩人隸屬的聲優經紀公司「EARPO」一年會舉行一次試鏡。試鏡主要是以專門學校畢業的新人為對象，合格的話就能成為準所屬，在兩年內一旦有闖出好成績就能成為正所屬。

雖說也有已在業界活躍的聲優自其他經紀公司轉來的情形，但那種情況下通常會隔著一段不隸屬任何公司的期間，與剛畢業的新人一同來到這間公司。

如果公司等不了那段期間而要立刻簽下該名聲優，就代表對方是個人才，不希望被其他經紀公司搶走。

由於EARPO並沒有聲優以外的經紀業務，聲優要換公司的傳言照理來說應該會傳進耳裡，可是鈴音無論在哪裡都沒有聽說過。

「小鈴，妳知道些什麼嗎？」

鈴音搖了搖頭。

「這樣啊。不曉得是怎樣的人呢？」

「說不定是經驗老到的大前輩喔？」

「哈哈，那就滿可怕的了。」

結衣香瞇起眼睛，笑了出來。

配音界是充滿競爭的社會。發到經紀公司的工作有限，機會也會先落到熱門的聲優身上。雖說到頭來還是要看自己拚不拚，但優先順序往後挪可是十分可怕的。

結衣香在這種情況下還能夠笑出來，正是因為她的實力高強。

而鈴音雖然沒有結衣香那麼厲害，也仍然懷有自己很熱門的自信。

每一季都有幾部自己為主要班底的作品，遊戲錄音的案子也是一個接著一個。況且還有聲優雜誌上的連載專欄。

以現況來說，就算有一位比鈴音熱門的人加入，對她想必也不會造成多大的影響。

品味了雞尾酒後，鈴音結束了這個話題：

「對了，結衣香，妳前陣子跟女朋友去泡了溫泉吧？過程怎麼樣？說一下嘛，到底怎麼樣？」

鈴音兩手在桌上交抱，探出了身子。

「咦？小鈴妳也很八卦耶……」

儘管傻眼似的挑起眉毛，但結衣香絕對不是不喜歡這樣。

鈴音很喜歡聽結衣香和女朋友相處的情侶故事。曬恩愛的結衣香很可愛，同時令人感受到愛意，讓人心頭暖呼呼的。

「真拿妳沒辦法耶。」

結衣香這麼說，剛挑起的眉毛也帶點思戀地垂了下來。看見她那樣的臉蛋，鈴音總覺得產生了好像自己也已經落入愛河的心情。

2

經紀公司捎來叫人去公司一趟的訊息，是在兩天後發生的事。

鈴音上完一週一次的熱瑜珈課，沖完澡而神清氣爽地換好衣服，一看手機便發現這樣的訊息約在三十分鐘前傳進所有人都在的群組。

內容寫著「明天下午兩點，沒有工作行程的人得去經紀公司露面」。而在那段時間，鈴音剛好有個錄音與錄音之間的空檔。

直接在公司全體人員群組發出聯絡的狀況十分罕見。聲優絕大多數都是和經紀人通訊。

鈴音意識到，會這樣子應該是有什麼重大發表。

她心想會不會是有什麼關乎整間公司的大型專案，卻也不至於完全沒有想到最慘的情形。

結束經紀業務——雖然鈴音以前想都沒想過這種事情。但聲優變成很受歡迎的行業後，既有的製作公司開始經紀業務，或者直接設立經紀公司的情況也變多了。隨之而來的，就是有些地方終止了相關業務。

無法產生利潤就會腰斬這種事情，並非只限於作品本身。聲優沒做出好結果的話，同樣總有一天會面臨解約。

每一期的試鏡都是如坐針氈。聲優能否參加試鏡得先由經紀公司篩選，不過就算篩選有過，實際參加試鏡時若沒有通過，終究還是沒有意義。

雖說從經紀公司那邊得知令人失望的消息會很難受，可是一想到連審查階段都沒得跑的那些人會有什麼心情，便會令人心生愧疚。

結衣香曾對鈴音說過「就算在意那些也無濟於事，這行就是弱肉強食」。不過鈴音覺得，就連說出那番話的她本人，也是在說給自己聽的。

但那番話的確就是事實。到頭來，自己能做的唯有時時精進自己，誠心誠意地面對每一個案子而已。

鈴音憑著這種氣概在上午完成下一季動畫的錄音，一個人進入附近的拉麵店吃完小碗的雞白湯拉麵，然後徒步前往距離約有兩個車站遠的經紀公司。

以徒步行走培養體力，並同時推進散步手遊進度的時候，鈴音也在聽對角線的歌曲。

雖說那是整團一起演唱的曲子，但鐘月歌凜仍在團內的時候是無可動搖的C位，擔當的部分也多到不行。一口氣衝進體內，直搗身體中心一般的嗓音令人十分舒暢。

補充著壓倒性不足的偶像養分，走了大約一小時便抵達經紀公司所在的大樓。

鈴音從大大的托特包中取出手巾，擦拭微微滲出的汗水。

她的腳有點痛。穿運動鞋的話腳會比較輕鬆，但鈴音喜歡平底跟鞋。穿上這種鞋子，心情就不一樣了。

ＥＡＲＰＯ是在一共十層的大樓租用二至五樓，以及地下室。

一樓是便利商店。鈴音穿過側邊的入口，然後搭電梯前去有櫃檯的五樓。地下樓層是錄音室，沒人利用的時段會用來錄製試鏡用的配音樣本。由於有這個錄音室，據說常有客戶因為不需另外租借錄音室而將分量不多的遊戲或旁白錄音的案子發過來。

「早安——」

進入經紀公司的同時，鈴音立刻明確地打了個招呼。無論資歷有多深，這都是不可省略的。演藝圈的世界中，禮儀與上下關係十分嚴格。而且決定排序的可是演藝資歷，受歡迎的程度只是次要。由於還有換公司的狀況，所以隸屬一間公司的時間長短也無關排序。

由於鈴音是童星出身，光看演藝資歷的話她有二十年。但真要說起來，她真正開始演藝活動是在成為聲優以後，實際上只有八年。雖說演藝資歷二十年這點會在演出或預錄的座談中拿來當哏，但鈴音並沒有因為這樣就一副老前輩的樣子。

在場的工作人員與隸屬公司的聲優也回了她一聲「早安」。

鈴音環顧一下四周，便發覺結衣香位在用於休息或簡單討論的公共空間。

隸屬公司的聲優在經紀公司裡頭並沒有自己專用的椅子或桌子。所以要填寫文件的時候會利用公共空間，或是借用經紀人的桌子。

總共有三張桌子的桌位被聲優們坐滿了。和大家又互道一次早安之後，鈴音拉開了結衣香身旁的那張椅子。

「不曉得是怎麼了呢？」

鈴音壓住她那件無袖連身洋裝的裙襬，坐了下來。

結衣香面前有著一個不鏽鋼的小保溫瓶。她平時都會將對喉嚨有益的漢方茶飲裝進裡頭。鈴音之前也曾借來喝過，但實在是太苦而喝不下去。

「聽說啊，好像是社長要直接宣布事情。」

光只聽這句，還沒辦法判斷到底是好消息還是壞消息。但鈴音覺得這種狀況大多是為壞事鋪陳，很少會是什麼好消息。

「該不會是破產之類的？」

「我想應該不至於那麼誇張……可是我們也真的沒在意過經營狀況那些呢。」

「說得也是呢。」

雖然隸屬這間公司，但也不是這間公司的職員。聲優再怎樣都算是自營業。

周遭的聲優們或許同樣懷著不安，沒有任何人嬉鬧似的閒聊。雖說一部分原因應該是有兩位大前輩在場，不過就算是這樣也太過安靜。

「結衣香，妳晚點還有工作嗎？」

「不知道算不算工作……有發聲訓練。角色歌好像差不多要完成了，我得調整好自己的狀態。小鈴妳呢？」

「我還有一個錄音的工作。不過是手遊的廣告就是了。」

「在下面錄？」

結衣香指向地下層的錄音室。

「不，是在西新宿。」

「哼嗯。」

那大概連一小時也耗不到。

鈴音昨天晚上事先確認過自己要演出的角色資料。她扮演的是主要角色，所以自己也有在玩遊戲。

那款遊戲最近舉辦了許多相關的實體活動，工作上需要出席那類活動時，如果自己沒有玩過就很難炒熱座談的氣氛。

要是冷場就會很對不起粉絲，是以鈴音都有想辦法擠出時間努力去玩。雖說也有除了登入遊戲外什麼都沒做的日子，但她還是持續在玩。

擾。

然而，鈴音一玩遊戲就覺得每一款遊戲都很好玩，會因為生活時間被蠶食許多而感到困擾。

她現在在玩的遊戲有八款。光是登入遊戲、完成每日任務就得耗上不少時間，所以她都是用交通移動或等待的時間來處理。

這時會議室的門應聲打開，所有人也不約而同地面向那邊。

「久等了。」

最先走出來而這麼說的人，是資深經理青山羊子。她所散發的威嚴不會令人覺得年僅四十五歲左右，就連年紀比她大的聲優在她面前也要敬畏三分。

當然，鈴音她們也擺出了尊敬的態度。所有人紛紛站起身來，打算對她說聲「辛苦您了」，不過遭到她以手勢制止。

緊接著，社長森崎五郎走了出來。他從大學就有在打橄欖球，過了五十歲的現在也維持著魁梧且充滿肌肉的體格。儘管因為身高接近一百九十公分而散發強烈的壓迫感，但他一直都面帶笑容來加以抵銷。

「哦，來的人還滿多的嘛。」

社長一笑出來就會露出白牙，鈴音每次都覺得他就像個動畫人物。

「我們團隊今天有個新夥伴加入，由我來介紹一下吧。」

以團隊一詞稱呼公司，並將隸屬公司的聲優稱作夥伴，讓鈴音覺得社長真的很像體育社團的人。

社長往一旁退開之後，身穿寬鬆的帽T以及裙褲的女性現身了。她被社長魁梧的身軀擋住，鈴音之前並未發覺她的存在。

而在她的樣貌衝進眼簾的一瞬間……

——嘿啊！

鈴音發出了這種怪聲。

她感受到難以言喻的顫抖從腳尖竄上腦門，全身上下的毛髮都豎立起來。有一種連頭皮都被拉扯的感覺。

（等一下等一下！等一下呀！）

鈴音將平時歷經鍛鍊的喉嚨縮緊，壓抑差點衝出來的尖叫。

汗水緩緩地噴發出來。眼睛好痛。胸口好痛苦。好像要死了一樣——不對，不能死！

啊！

站在社長後頭的是——

宛若新世界創始一般，現身的人！到底是誰呢！

（歌、歌凜大人～～～～～！）

——就是她了。

☆

「這位是從今日起隸屬我們團隊的鐘月歌凜。」

這個景象，簡直就像是社長在展現自己引以為傲的寶物。

鈴音並沒有搞錯，也沒有看錯人。

（那真的是……如假包換的——歌凜大人啊！）

鈴音全身上下顫抖，並以雙手在胸前緊緊互握。心臟跳得非常劇烈。腦袋好燙。感覺好像都要流鼻血了。

「應該有很多人知道她是誰吧？」

（那還用說！）

「畢竟有幾部動畫也採用了她以前隸屬的偶像團體——對角線的曲子。」

（那幾首歌都超棒的！）

「鐘月前公司的經紀人是我的舊識。我們討論過鐘月今後的發展，釐清種種細項以後，經過各種需要調整的程序，就讓鐘月從今天起隸屬我們的團隊了。你們身為經紀公司裡的前輩，同時也是聲優的前輩，要好好教導她啊。」

（當然好！）

鈴音由於換氣過度而頭暈。

（就交給我吧！）

社長再度露出亮麗的白牙，往旁邊退開了一點點。

「那麼，鐘月，向大家打個招呼吧。」

「是。」

微微點頭後，鐘月歌凜便向前站出半步。

歌凜的動作顯得遲鈍又緩慢，和鈴音已經看慣的俐落身姿正好相反。就連幕後花絮都沒看過她那樣。

不曉得她是不是在緊張，表情也有點僵硬。她沒有平時那種雀躍開朗的氛圍，整個靜悄悄的。

（總覺得好像第一次來到家裡的小貓咪！好可愛！）

鈴音這樣的心聲要是被結衣香聽見，一定會被挖苦說「所以她不管怎樣妳都ＯＫ嘛」，但實際上也真是如此，算是不可抗力。

（跟偶像身處同一個空間！吸同樣的空氣！要死啦！）

枯竭好一陣子的偶像成分漸漸地充滿起來。鈴音覺得自己至少可以三天不吃不喝。

鐘月歌凜環顧了一下四周。

四目交接了！——或許有四目交接吧。

「我是從今天起加入的鐘月歌凜。雖然是個什麼都還不懂的新人，但我會全心全意努力當好一個聲優。還請各位多多指導。」

歌凜深深地低下頭去。

（這個時候該拍手嗎！可以拍手之類的嗎！）

鈴音手很癢而不知如何是好，但看了四周便發覺沒人打算拍手。

雖說資深前輩們臉上浮現柔和的微笑，輕聲「欸～」了一下，但年輕聲優當中有人微微地皺起眉頭。

在這樣的狀況下，鈴音再怎樣也不會不識相到自顧自地喧鬧起來。

儘管如此，身為一個社會人士還是不能什麼都不講。好好打個招呼可是很基本的。既然對方打了招呼，身為一個人當然就要好好回應。

鈴音在胸前把手握緊，開了嗓子。

她將打從心底歡迎對方的心思灌注於話語當中——

「清哩多多指教！」

（大舌頭了啦！）

☆

打完招呼以後，鐘月歌凜和資深經理再次回去會議室。鈴音則是因為結衣香離發聲訓練還有一段時間，於是抓起她的手臂把她拉去公司附近的咖啡廳。

現在要是不找誰聊一下可是會內傷的。

衝進包廂後，鈴音一如以往地點了兩杯店家推薦的紅茶。

「這不是在作夢吧！」

隨即在桌上探出身子，加以確認。畢竟有可能是太過缺乏偶像的養分，終於落到大白天就在作夢的地步了。

「沒事的，妳還醒著喔。」

結衣香帶著苦笑如此回應。

鈴音鬆了一口氣。

既然如此，便代表那是真正發生的事情。鐘月歌凜有點沙啞的現場嗓音、她的樣貌，還有和她待在同樣的空氣中的事情都是真的。

腦袋還是好燙。好像都要燒到縮起來了。

「……讓您久等了。這是藍山紅茶。」

紅茶端到眼前的時候，鈴音才發覺自己的喉嚨非常乾渴。她的手輕巧地托起茶杯，直接什麼也不加地把紅茶喝下肚。

雖說是熱茶，但不至於燙到喉嚨。這間店的老闆知道鈴音她們的工作性質，有為她們將溫度調整至不會燙傷的程度。

「……呼啊。」

發出帶有紅茶香氣的嘆息後，鈴音放下了茶杯。承接茶杯的小盤子發出清脆宜人的聲響。

「沒想到居然會發生這種事……原來世上真的有奇蹟啊……」

儘管曾好幾次看過歌凜本尊，卻依舊有與那種狀況不同的感慨。

鈴音還是第一次親眼看見歌凜沒穿偶像服裝、日常生活中的自然樣貌。雖說有看過歌凜沒有特別擺拍的相片，但鈴音知道那並不是歌凜最自然的一面。

不過今天看見的那個歌凜，確確實實是日常生活中的模樣，而不是身為偶像的她。

凜然認真的面容也很惹人憐愛。

「她就是妳崇拜的偶像？」

結衣香拿起只有她那杯紅茶附送的小水壺，將琥珀色的液體倒進茶杯之中。那是白蘭地。雖說只有添加香氣的效果，但她的作風就是一定要將白蘭地倒進紅茶。

「是的！她就是鐘月歌凜大人！很可愛吧！」

結衣香儘管呵呵笑，卻沒有積極地對鈴音表達同意。

鈴音覺得無所謂。

她並沒有要強迫別人跟自己追同一個偶像。要喜好什麼事物都是個人自由。

「不過我還滿驚訝的。沒想到對方繼偶像之後，要走上聲優這條路……還是說，我們公司要擴展事業了呢？」

「我想應該沒那回事。畢竟社長都說了，要我們以聲優前輩的身分加以指導。」

「那麼，她就是想當聲優才來我們公司的嘍。她的演技怎麼樣？」

鈴音歪了歪頭。

「歌凜大人沒有在電視劇或者電影中演過戲呢。」

雖然覺得不甘心，但對角線並不是會接到那類通告的頂尖偶像。她們從未有過電視台的固定節目，樂曲的廣告也都只有和動畫商業合作的曲子。

雖說有音樂影片，但內容以舞蹈表演為主，就算有單人的形象展現片段，也因為播放著歌曲而理所當然地沒有台詞。

「哼嗯……也就是說是未知數了吧。」

「可是，既然會在這種不合常規的時期加入我們公司，就代表她備受期待吧？」

「不曉得期待的是哪一種方向就是了。」

對於結衣香話中有話的說法，鈴音歪了歪頭：

「這話是什麼意思呢？」

「她是有一定名氣的偶像。」

結衣香豎起手指。

「既能唱又能跳。」

又豎起一根。

「而且早已確保了一定數量的粉絲。」

豎起第三根手指。

「就一名新人而言，這是相當大的優勢呢。一定也會引起話題。」

鈴音本來想批評結衣香的這種說法，但還沒說出口就把話吞回去。

正如結衣香所說。

最近的聲優並非只要演技高竿就好。

那只是最基本的條件，也有以歌手活動為前提的錄用方式。除此之外還有寫真攝影和網路節目等，需要露臉的場合同樣變多了。

歌凜原本就有身為偶像的名氣，想必會有指定她演出的案子發來。或許也會有以話題為先，演技其次的案子。

「不、不過歌凜大人一定也很會演戲的！畢竟她還在當偶像的時候，就是嚴以律己且追求完美的一個人！工作上絕對不會隨隨便便！我相信她！」

鈴音緊緊握住拳頭後，結衣香就呵呵笑了兩聲。

「既然小鈴都這麼說了，那她或許是有實力沒錯，但妳還是不要太喜形於色喔。畢竟應該有人會打從心底覺得不是滋味。」

這方面鈴音的確能理解。

試鏡的邀約有限。

人變多就會讓機會減少。

演藝圈的世界最看重的就是實力。不僅會用上經歷、知名度、特長，連社群平台的追蹤人數都能當作武器，讓自己鶴立雞群拿下工作。

每個人都知道這點。

儘管如此，鈴音在心情上也不是要理性就能理性。試鏡落選的話她會沮喪，也會羨慕錄取的人。

「……結衣香也覺得不是滋味嗎？」

「我嗎？」

結衣香眨了眨眼，然後「啊哈哈」地笑了出來。

「我一點想法也沒有喔。畢竟我除了角色歌曲以外，唱歌和跳舞都不能接，況且聽了她平時的嗓音，我也不覺得自己跟她的市場需求會有衝突。」

或許真是如此。

結衣香的飾演範圍主要是「成熟女性」，所以幾乎沒有在這幾年的動畫中擔綱主角，但在次要的常駐角色陣容仍是不可或缺。

當然，歌凜很有可能從大人到小孩都能演，演出範圍很廣。然而，結衣香的嗓音和演技就算說是獨一無二也不為過。

而且她還有在國外製作的影劇中固定配音，這也是一大強項。國外製作的影劇有個好處，就是儘管配音薪資較低，但只要能融入其中，演出形象就會固定下來，進而成為某位演員的專屬聲優。

結衣香並非引人矚目的存在，不過對於經紀公司的貢獻可是排前幾名的。

然而，並不是每個聲優都像她那樣。

隸屬公司的聲優和經紀公司之間頂多就是以商業合作為前提的關係。經紀公司完全不需要不會為公司帶來利潤的聲優。聲優光是隸屬公司，就會產生人事花費。要是公司判斷聲優將來也不太有機會帶來利潤，就不會繼續簽約。

當然，聲優如果覺得經紀公司沒有為自己做好經紀業務，同樣可以主動切斷關係，不過要這麼做的門檻很高。

「小鈴妳呢？沒有感受到威脅？」

說出這種話的結衣香露出微笑，不過鈴音覺得她的表情有點壞心眼。

「問我嗎？」

鈴音想都沒有想過。

她今後確實很有可能時常和歌凜參加同一個案子的試鏡。

目前鈴音每段時期都有參加許多主要角色的試鏡，不過對歌凜抱持興趣的客戶想必也不在少數。經紀公司自然會想要旗下聲優盡可能占據配音班底的位置，所以一定會讓歌凜有許多機會嘗試。

「看妳這樣應該是沒感受到呢。」

對於結衣香明顯話中有話的笑容，鈴音「咦？」了一下。

「因為妳在傻笑啊，一臉『說不定可以一起參加試鏡』的表情。」

「是、是這樣嗎？」

鈴音用雙手按住自己的臉頰。儘管這麼做也不會知道自己的表情怎樣，但她還是忍不住做了。

「不然是怎樣？作為一位前輩，妳有自信不會受到威脅？」

「才沒那回事呢——我現在也常有試鏡落選的狀況啊。」

鈴音能通過的試鏡只有一成左右。這樣的狀況其實算是很好，以前她有每一期都全數落選的狀況，沒當上任何作品的配音班底也不稀奇。

「我只是沒有從容到可以在意別人罷了。更何況，歌凜大人的優勢也是歌凜大人自己努力取得的。」

即使羨慕她也無濟於事。

「如果大家都能有小鈴妳這種想法就好嘍。」

結衣香想說什麼，鈴音其實心知肚明。

鈴音一路走來看過不少夥伴離開經紀公司。

也曾有人在悲嘆自己不中用的同時，對她說過「同期的人要是沒有妳就好了」。還有人覺得不待在這間公司就有機會，因而成為不屬於任何公司的聲優。

鈴音她並不是發自內心覺得「別人是別人，我是我」，只是每天都這麼說給自己聽而已。

努力是必要的。可是光靠努力，依舊會碰上自己無法撼動的運氣或者緣分。所以說——

鈴音能理解「想要遷怒別人」的想法。

鐘月歌凜有那麼大的優勢，一定很容易成為被遷怒的對象。不過她想必早就意料到會有這種情形了。

她是在這樣的前提下，選擇了這條路。鐘月歌凜她就是這樣的偶像。

「歌凜大人她，一定沒問題的！」

鈴音如此斷言。

因為歌凜那樣的作風，仍是令她崇拜歌凜的一大要素！

3

「仙宮，妳有時間嗎？」

鈴音前往經紀公司拿劇本後，本來還在公共空間讀著剛到手的劇本，一聽到呼喚她的聲音便抬起臉來、轉頭過去。

栗色秀髮剪成水平無層次，身材高挑的美女踩響高跟鞋並接近而來，窺視鈴音手邊。

有點奇特的甜美香氣一下子飄了過來，搔動鼻腔。對方是鈴音的經紀人——巳甘茜。她很喜歡這款香水。

鈴音喜歡味道再淡一些，沒那麼甜美的香氣。她現在用的仍是去台灣活動工作時找到的那款香水。

自從鈴音進入ＥＡＲＰＯ以後，巳甘茜便一直負責她的經紀業務。真要說起來她是比較嚴厲的類型，不過鈴音從來沒有要換經紀人的想法。

「劇本終於好啦。」

巳甘說了聲「真受不了」，嘆了一口氣而抬起臉來。

「雖說那邊一直以來都是這副德行，但錄音可是在後天呢……妳ＯＫ嗎？」

「我沒問題。畢竟有先拿到影本了，況且每次都這樣嘛。」

「那位編劇常有當場更動劇本的狀況，壓迫到錄音時間很讓人困擾呢……不過呢，我們這裡也只能照他們說的來做事了。」

「也都第八集了，這次雖然是動畫原創角色，但我已經抓好角色特質，不必擔心。」

「嗯，我是沒有在擔心啦。沒什麼影響就好。其實，我有件事要拜託妳一下。」

「是什麼事呢？」

「前幾天進我們公司的女生，妳還記得吧？」

鈴音心跳得飛快。

出乎意料的一句話，讓她覺得心臟要從嘴裡噴出來了。

怎麼可能會不記得。

偶像的事情當然不可能忘記。

不過，鈴音崇拜鐘月歌凜的事情，只有結衣香知道而已。

雖說那不是什麼需要隱瞞的事，但只要公諸於世，工作上就一定會有所牽扯。

對聲優而言，現在最重要的工作之一是廣播節目。而在廣播節目當中不可欠缺的就是談到私生活的部分，那是用來炒熱阿宅日常生活的哏。

鈴音不喜歡自己的事被拿去那樣消費。她並不喜歡自己的偶像、自己內心的綠洲被人隨意嘲弄。

儘管如此，她依舊有想要說出口的欲求。

這種時候該找的人，就是結衣香了。

結衣香不太懂關於偶像的事情，因此每次都會默默地聆聽，進而導致鈴音老是依賴她。

鈴音一個人講太多說個不停的時候，就會代付甜點的錢來求得諒解。

「有，我還有印象。」

鈴音如此回應。

她覺得自己這麼說真的有夠虛假，但巳甘好像沒有察覺到。

「那女生後來分配給我負責了。然後呢，她等一下要去錄製聲音樣本，妳可以去看看狀況嗎？」

「咦！」

鈴音不禁站起身來。

「嚇我一跳……妳這是怎麼了？」

「啊，沒，什麼事都沒有……」

鈴音臉上浮現抽搐的笑容，坐回有點硬的椅面上。

一想到可以看見歌凜的演技，身體就不禁有所反應。

聲音樣本一如其名，就是供他人參考用的音訊，不過要錄的不只是平時的聲音，也會特別設計幾種情境。鈴音想聽聽看歌凜會發出怎樣的嗓音。

「可是，為什麼要我去呢？」

「嗯？畢竟妳剛好在這裡啊？我接下來還要跟經理討論一些事情。我想她一個人錄也沒什麼問題，但妳要是有什麼在意的地方就要跟她說喔。」

「我知道了。」

「那就拜託妳啦。她已經在下面了。總之，妳先向她搭個話吧。」

鈴音回了一聲「好」以後，巳甘經紀人就輕輕捏了一下她的肩膀，隨即離開公共空間、走進會客室的門扉。

真是太幸運了！其實鈴音之前因為劇本一直沒完成而有點心神不寧，但她現在有了一種可以看開那一切的心情。

她甚至覺得現在這段時間沒有工作要做，也是命運的安排。

鈴音收好劇本後把托特包掛到肩上背好，走出了經紀公司。接下來就要跟偶像近距離接觸——她這麼一想，就突然緊張了起來。

進入電梯後，按下地下樓層的按鈕。電梯一邊發出低鳴一邊緩緩下降，然後就一路暢通地直達地下樓層。門扉「叮」的一聲打開，鈴音走出了電梯。

打開位於地下樓層的錄音室門扉後，便會看見狹小的待客室，更裡面就有錄音亭。錄音亭裡頭有控制室和錄音間，基本上都是由幫忙操作器材的混音師和聲演者這兩者來使用。

從待客室可以看螢幕確認錄音亭裡面的情形。可是，現在只有混音師在，沒看見歌凜的身影。

鈴音覺得疑惑的同時，把托特包放到桌上，坐到可以看見螢幕的位置。

（啊——）

還沒過一分鐘，偶像就開門現身了！

鈴音的心臟帶著痛楚劇烈跳動了一下，接著立刻以迅猛的頻率怦怦跳個不停。就算出盡全力來跑一百公尺，心臟也不會跳得如此飛快。

室內狹小，對方也立刻發覺鈴音的存在。

「早安！」

歌凜才剛伸直背脊，就直接低下頭呈現直角。

鈴音也急忙站起身來：

「啊，早、早安——好痛！」

她的腳踢到了桌腳。

「要、要不要緊啊！」

偶像急忙跑至鈴音身邊。這樣的行徑讓鈴音很高興，連痛楚也能忍住了。

「我沒事、我沒事的。」

儘管眼中泛淚，鈴音還是展現笑容。

「啊，這樣礙到妳了吧。我馬上移開喔。」

她把桌上的托特包移至地上。然而，歌凜並沒有把手上的飲料放上桌，而是維持站姿：

「抱歉，妳要用錄音亭吧。請妳先用。」

並且說了這樣的話。

鈴音有一瞬間目瞪口呆了一下，不過馬上便發覺是歌凜會錯意了。

「不是啦不是啦。我只是因為茜姊叫我來看錄樣本的狀況，才會過來這裡。沒有要用錄音亭。」

「看錄音狀況？由仙宮小姐來看？」

歌凜惹人憐愛的臉蛋抹上了狐疑似的暗影。

「嗯，對。我也是茜姊——已甘經紀人負責的……咦？妳知道我是誰嗎！」

她剛才確實說了「仙宮小姐」！

該不會，她還記得我之前參加過握手會吧？如果是這樣，那我可真是最幸福的粉絲了，但以公司前輩的立場來說又有點不好意思。

歌凜回答：「是的。」

「進這間公司的時候，我曾把隸屬公司的前輩們長相和名字都記過一輪。」

（啊，原來如此……）

知道並不是只有自己獨一無二，鈴音有點沮喪。

儘管如此，她也回想起自己以前做過同樣的事。雖說會依公司而有所差異，但每間公司都有各種規矩和禮儀要遵守。記好前輩的長相跟名字可是基礎中的基礎。

鈴音「呃」了一聲，重新振作起來。

仔細一想，要是公司的前輩裡有個鐵粉，對方一定會困惑說不知道該怎麼相處才好。既然她不記得，讓她保持不記得的狀態應該也是為她好。

「巳甘經紀人好像要跟經理討論事情，所以拜託我過來。」

「咦？真不好意思……百忙之中還要抽空過來。」

「沒事的，妳別在意。我今天只是來拿劇本，之後也沒有排工作。」

「原來如此啊……不好意思，那就麻煩妳了。」

歌凜低頭行禮。剪成無層次鮑伯頭的秀髮輕柔地搖晃，飄出微微的香氣。

對方這樣一直致歉，鈴音總覺得很過意不去。

「妳真的不必在意。畢竟觀看別人的演技，也會讓我學到東西的。」

鈴音這麼說之後，歌凜就眼神上瞟地看向她。輕彈上揚的修長睫毛，以及大大的眼睛都讓鈴音心跳加速。

「……那個……畢竟我是新人，對我說話時能不能不要那麼禮貌呢？對我說敬語，會讓我滿緊張的……」

「怎麼可以！」

鈴音不禁喊出聲來。要用對平輩晚輩的語氣跟偶像說話，實在是太失禮了——儘管心裡這麼想，但歌凜自己都覺得那樣比較好了，鈴音也只能努力口語一點對她說話。

「我、我知道了……我會盡力達成——我會試試看。」

「太好了！」

（呀——！）

歌凜充滿喜悅的笑容實在太過耀眼，讓鈴音覺得自己的眼睛好像要被閃瞎。

雖說鈴音心中產生想要跟對方繼續聊一聊的想法，但錄音亭的門打開了，混音師也探出臉來。

「請進，已經準備好了。」

「啊，好的！」

歌凜充滿精神地做出回應——

「那我進去嘍。」

然後說了這樣的話，露出滿臉笑容。

破壞力也太強了吧！

鈴音感受到全身上下逐漸被幸福填滿，同時也微微揮手，目送對方進門。

她覺得歌凜一邊說「請多指教」一邊消失在門另一側的時候，有瞄了她一眼。

雖說這可能就是偶像好像有在演唱會中看向自己的那種錯覺，但就算是誤會也十分幸福。

（……啊，好可愛喔！）

鈴音一屁股坐到椅子上。

掛在牆上的薄型螢幕顯示出錄音亭內的情形。

頂多只能塞兩個人的錄音亭放了兩組小型桌椅，桌子上有附防風罩的麥克風、附提示燈的對講開關以及耳機。

歌凜從放在地上的包包中拿出筆記本，放到桌上後便將頭髮撥至耳後，戴上耳機。

確認上面寫的內容，伸直背脊，然後吸一口氣。

她把手放到開關上。

『麻煩你了。』

同時說了這樣的話。

隔著螢幕聽見這聲音的瞬間，鈴音心中的開關也啪的一聲打開來了。腦袋並不是將歌凜視為偶像，而是看作一名演藝人士。

這是聲優的嗓音。

她從以前就覺得歌凜的音質很適合配音，但那時頂多是以看待業餘人士的標準來評論。若要成為專業的聲優，便需要在良好的素質上繼續累積實力。

歌凜的嗓音明顯經過了許多訓練。

音量雖大但不會刺耳，儘管能傳播得很遠，卻會留下某些事物——這雖然是一種才華，但光靠才華是沒辦法勝任這種工作的。

歌凜坐在麥克風前發出的第一聲，就聽得出來有一點一滴打好基本功。

ＥＡＲＰＯ並沒有培育機構。

隸屬ＥＡＲＰＯ的聲優如果不是原本的業界人士換公司進來，就是像結衣香和鈴音那樣經由試鏡進入公司的。

通過試鏡的人幾乎都是已有演藝經驗的專業聲優，很少有專門學校出身的人。雖說ＥＡＲＰＯ也有準所屬制度，但基本上還是會找能夠直接上陣的聲優。

結衣香說過歌凜有可能是因為公司重視話題性與個人資歷才有辦法進公司，不過單從歌凜不久前說出的那句話來看，鈴音便能知道並不是那麼一回事。

『——我是鐘月歌凜。』

鈴音凝視著螢幕，專心聽著歌凜的聲音。

聲音樣本的內容組成會因經紀公司而異。ＥＡＲＰＯ是先讓聲優自我介紹，然後錄製幾種樣本，以及旁白。

『今天要錄這個，我得好好提振精神啊！不過我看了電視上的星座占卜……卻恰好是最慘的一個！總覺得啊，我的星座有很高的機率會落到最後一名呢。』

雖說這種內容沒什麼營養，不過這年頭聲優的「私下形象」也變得滿重要，所以ＥＡＲＰＯ會準備沒有經過扮演的嗓音作為樣本。

每一段樣本大致上都在三十秒內。

『嗯，錄好了。』

由於這裡也能聽見控制室的聲音，有所指示的時候可以學到東西。

『樣本一，請開始發聲。』

歌凜回應「好的」並且挺直背脊。

『欸，你有聽說嗎？課長的那個傳言——』

樣本一是不做作，自然的女性聲線。設定應該是上班族。在短短的台詞當中，帶有喜悅的嗓音忽然劇變，轉化為做好心理準備，帶有壓迫感的嗓音。

（唔哇……）

鈴音起了雞皮疙瘩。身體不禁僵直。

她會為了學習而去聽落語或鬼故事，也曾經因為說話者的嗓音和一句台詞就豎起全身上下的汗毛，不受故事內容影響。

現在的體驗就跟那時一樣。

錄音順利地完成，接著錄製樣本二、三。

樣本二大概是十幾歲的女生。聲調高低沒有變化，但光聽說話方式就知道是學生。這演技真是厲害！會不會只是偶像時代的個人資歷沒有公諸於世，其實本來就有在演戲了呢？

樣本三又讓人更為驚訝。樣本一與二仍殘留著能夠辨識鐘月歌凜嗓音的要素在，不過樣本三變成了完全不一樣的嗓音。而且就算是這樣，也不會覺得她講得很吃力。

這應該是考量時下流行所做的設定，歌凜扮演著遊戲類奇幻作品的登場人物，以非常快的語速滔滔不絕說著咒語般的台詞。儘管如此，依舊能夠清晰地聽出每一個詞彙，而且還是連續講了一堆一定會大舌頭的詞彙。

（好強……）

鈴音打從心底認為自己沒辦法這樣。雖說她現在能把聲優基本上都會練到的「外郎賣」順利講完，對於語速較快的台詞也不會不拿手，卻還是沒辦法做到這麼高竿的地步。

然後隔了一小段時間，這次是——

『——你是想怎樣？』

換成了少年的嗓音。設定八成是國中生上下的年紀，即將變聲的時期。鈴音甚至心生感動了。這和先前那種感動不一樣，令人起雞皮疙瘩。

女性聲優演出的少年聲線雖然像個少年，但多少都會察覺那是由女性來扮演的。然而，歌凜的少年嗓音並不會那樣。如果單只聽聲音，八成會認為真的就是男孩子在講話。

（好厲害好厲害！）

鈴音不禁想要拍起手來了。好想跟歌凜對戲。年齡和性別怎麼設定都沒關係。對起戲來一定非常開心。

『旁白一，請開始發聲。』

對於混音師的指示，歌凜回了「是」之後便展現了兩種旁白內容。

『深沉的海底，有著如夢似幻的鯊魚樂園——』

第一種旁白語氣沉穩，卻也能感受到開朗的氛圍。動物節目的旁白是錄音樣本的必備內容。

而第二種是——

『與那間名店奇蹟似的聯名！新世紀口味爆誕！只要吃下一口——』

鈴音「哇～」心生佩服。

以廣告為主攻的錄音樣本相當罕見。比較多的是新聞節目的聚焦單元中，介紹商店街的旁白。這段旁白有著開朗雀躍的感覺，雖說和第一段有所區別，但走向是一樣的。

『好的，都錄好了。沒有問題的話，就可以結束了。』

聽了混音師這番話，歌凜隨即面向攝影機。

『……那個……仙宮小姐……有什麼意見之類的嗎？』

（問我嗎！）

鈴音很驚訝，但想想自己正是為了這個而來，並不是出於個人興趣觀摩才被叫過來的。

鈴音從椅子上站起來，打開錄音亭的門扉，面向混音師：

「沒有問題。」

並說了這樣的話。混音師點了點頭，也對歌凜回應一樣的話：

「看來是沒問題。辛苦了。」

鈴音聽著這句話的同時把門關上，回到桌位上。

她覺得自己聽了非常棒的聲音。

雖說只是錄製樣本，看別人演戲仍舊非常開心。聲音樣本就跟履歷是一樣的東西，會把那個人的一切濃縮在內。

雖說動畫幾乎都是用試鏡來決定要扮演的角色，但遊戲配音時常直接指定聲優。

儘管主要角色多半還是會被知名聲優拿下，但遊戲角色總數真的很大，就連新人也很有機會參與。這時用來決勝負的便是聲音樣本了。就算有經紀公司的推薦，聽了聲音樣本覺得形象不符的話也拿不到角色。

即使如此，要是沒辦法穩定扮演某種角色也只會給人添麻煩，所以聲音樣本倒也不是演出各種角色就好，而是錄製幾種擅長的嗓音。

鈴音擅長的是十幾歲的聲音，錄製了幾種不同的，從正經八百的女生到不良少女都有。除此之外還有幼女。少年嗓音則是因為很吃力所以沒錄。雖說她也想扮演毫不做作的女性聲線，但她本來的嗓音音調就高，至今都沒有機會扮演。

「謝謝。」

過了幾分鐘，歌凜走出了錄音亭，鈴音也不禁站起來迎接她。

歌凜一副「為什麼要站起來呢？」的訝異表情看向鈴音。

不過鈴音相當亢奮，並未在意這點。

「妳好厲害！」

鈴音直率地說出感想。她沒辦法忍著不這麼做。

「沒想到鐘月小姐有演過戲——不對，是有演過戲嗎？表現得好傑出！」

歌凜好像有點嚇到，眨眼的頻率增加了。白皙的臉頰微微地染上朱紅，視線也在游移。不曉得是不是害羞了呢？這樣子也很可愛。

「尤其是少年！我超喜歡女性聲優發出的少年嗓音，但妳的少年音說不定是最神猛的！變聲期前的男孩子聲音有如天使，妳演出的真的就是那樣！」

「謝、謝謝妳的誇獎……」

歌凜明顯表現出不知如何是好的樣子，讓鈴音回過神來。

（不、不妙……我的舉動根本宅到飛天……）

阿宅時常語速超快又沒有停頓地一直說個不停。只不過鈴音現在的狀況不是偶像宅，而是演技宅的表現。

「——錄好了？」

時機恰好地，巳甘走了進來。鈴音覺得得救了。

「怎樣？沒問題吧？」

發覺巳甘是在問自己之後，鈴音急忙回答：「對。」

「完全沒有ＮＧ，況且非常厲害。」

「既然鈴音都這麼說，那就ＯＫ啦。我晚點也會聽一下。妳們倆辛苦嘍。鐘月今天也沒有其他工作了，妳們要不要多交流一下？」

「咦？」

鈴音很高興，不禁回問了一下。

雖說她心中多少有著「如果能多交流就好了」的想法，但如果突然邀約對方，說不定會構成利用上下關係的職權騷擾，所以她一直很猶豫。

不過，既然負責的經紀人都這麼說了，這已經是業務！

「那……要不要去喝杯茶呢？」

鈴音壓抑心中的欣喜，這麼發問。短暫的一瞬間也讓鈴音覺得似乎過了好幾分鐘。

「……嗯，仙宮小姐方便的話，我沒問題。」

（太好啦！）

鈴音設法壓住要從喉嚨裡噴出來的心聲，並且忍住想要上揚的嘴角，好不容易回了一句：「那就這麼決定啦。」

☆

「那個……比起喝茶，要不要換成喝酒呢？」

鈴音帶起話題問說「要去哪裡呢？」所得到的回應令人訝異。

歌凜嘴裡說出「酒」這個詞彙著實令人意外。

仔細一想，她也已經過了二十歲，其實沒有什麼好奇怪的。只不過，鈴音腦海裡沒有把偶像跟酒牽扯在一起。

但這對鈴音而言可是求之不得。

只是吃蛋糕喝紅茶（或者咖啡）的話，沒辦法持續那麼長的一段時間。倘若感情很好，不論是去哪裡、要做什麼，鈴音都有自信能跟對方一起待個半天或一天。然而以目前的狀況來說，儘管鈴音單方面知曉對方的事，還是跟第一次見面沒什麼兩樣。

不過喝酒吃飯的話，就算聊天聊得沒有聊得很開，至少也有兩小時左右能待在一起，確定會伴隨對方。

鈴音看了手機。

現在是下午五點四十分。現在就去吃晚餐可能有點早，不過晚上六點應該絕大多數的店都會開始營業。

「可、可以啊。有什麼想去的店家之類的嗎？」

「其實也沒有……只是我肚子有點餓了。這一帶我沒那麼熟，可以麻煩仙宮小姐帶路嗎？」

空腹的歌凜大人！好可愛！

「那、那麼，雖然會走一小段路，去我比較熟的店可以嗎？那裡也有包廂，有空位的話我就訂個位……」

「謝謝，就麻煩妳了。」

「那麼，稍、稍等我一下喔……」

鈴音內心雀躍地操作起手機。手指在顫抖。現在浮現於腦海的是創意中菜店，可以從網站上確認包廂是否有空位，並且訂位。

太好了，有兩個包廂空著。

鈴音趁位子還沒訂滿的時候迅速完成訂位。由於她去過那間店很多次，不必特別重新輸入聯絡方式就能快速訂位。

「訂好位子了。那是一間創意中菜店，妳有什麼不能吃的東西之類的嗎？」

「我沒問題的，就算是很辣的菜也吃得下去喔。」

這我知道！鈴音很想這麼說，但還是用力把話吞回去。她曾看過歌凜上網路節目時，被要求來一場超辣料理對決。

知道節目內容的時候，鈴音心想「怎麼可以要她做那種事」而氣到發抖，不過在其他成員接二連三落敗後，歌凜厲害地吃光料理而贏過競爭對手——明明就不怎麼紅卻很愛挑釁到令人煩躁的藝人——的那一刻，鈴音也在手機前大吼大叫。

雖說那可能是打從一開始就知道結果的電視節目，但歌凜的努力可是貨真價實。如果不是那樣，怎麼有辦法吃到連嘴唇都腫起來的地步呢？

「那我們過去吧。」

鈴音拚命忍耐自己想要小跳步的心情，一個轉身便向外走去。

歌凜走在她的身邊。跟偶像一起行走，好像在作夢一樣。在這種狀況下要忍住不瞄對方，實在是很辛苦。雖然很辛苦但好幸福。

雖說心亂如麻，但鈴音還是下定決心一定要做到一件事。

那就是——千萬不能讓她知道自己是她的粉絲。

歌凜已經不是偶像了。

她已經拋開偶像身分進入這個業界，要是周遭的人一直拿她的過去來做文章，想必會讓她很困擾的。當然，經紀公司應該會以她過去的榮耀來當宣傳手段，但那跟她們沒有任何關聯。

鈴音覺得，假如完全沒有問到偶像時期的事也滿奇怪的，應該能以單純感興趣的角度稍作詢問——真的完全不問的話反而奇怪——但她還是覺得應該將歌凜視為一名聲優。

「啊——」

鈴音發覺自己理所當然地要直接走過去，便停下了腳步。

「抱歉，要搭計程車嗎？用走的大概二十分鐘就是了。」

「用走的沒關係。我今天穿的鞋子也方便走路。」

歌凜以腳跟輕敲地面所展現的鞋子，是鞋跟較低的鈕扣靴。用上兩種顏色的配色滿可愛的。

「太好了。我自己走個三十分鐘也不覺得怎樣，結果曾經被人抱怨過『這麼遠怎麼不早說！』呢。」

「這樣啊？我也很會走喔。一天走一萬步是家常便飯。」

「咦，我也一樣耶！」

找到兩人的共通點，鈴音的心情輕飄飄的。雖說搭計程車比較輕鬆，但聊天的內容總是會顧慮到司機。就這點來說，如果是邊走邊聊，便能想聊什麼就聊什麼。

今天天氣不錯，不會很熱，風也吹得很舒服。距離可以獨占偶像的店還有二十分鐘，得好好珍惜這一小段時間。

鈴音思考起各種閒話家常的話題，然後覺得一開始先聊巳甘經紀人的事情或許會比較好。

可以提到的英勇事蹟還不少。這一定會是一段令人開心的時光。

☆

「那麼，今天辛苦了。」

拿起冒出水滴的窄身酒杯，鈴音帶頭說了這樣的話。雖說不曉得是為了什麼而說「辛苦了」，但這就像是一種慣例。

「辛苦了。」

歌凜也像是被牽著走一樣地回應。令人覺得她也真的是很習慣這套了。

杯緣輕輕地敲出聲響後，鈴音喝下了一口酒。柔和的泡泡和啤酒花的苦味讓嘴裡變得很清爽。鈴音最近才開始覺得啤酒很好喝。

結衣香喜好威士忌和白蘭地，但鈴音還不太了解那種美味。

餐點是一道一道單點的。

店家推薦的菜色是美乃滋蝦仁。有趣的地方是蝦子並沒有蜷曲成圓形，而是伸得筆直，十分容易入口。不會太甜膩這點也不錯。

除此之外也各自點了想吃的菜。

歌凜點了麻婆豆腐，讓人體會到她真的很能吃辣。再來是皮蛋和蘿蔔糕，還有四角型的春捲等。

（啊，好像在作夢一樣！）

要是跟一個月前的自己說將來會跟崇拜的偶像同桌，當時的自己想必不會相信，一定會覺得是不合時宜的愚人節玩笑，或是網路節目的整人企畫。

（這不是在整人吧……？）

鈴音忽然心生不安，回想起至今所發生的事情，但看來是不必那麼擔心。決定來這間店的是自己，真要說起來自己沒有理由要騙自己。

劇本是今天來拿的，聲音樣本剛好也是今天錄的，兩者都是幸運的巧合。

她們兩人聊著蝦子肥嫩有彈性、一天走一萬步是為了遊戲App等，都是些隨意閒聊的話題。

真是幸福的時光。

歌凜的臉蛋當然可愛，但鈴音果然也很喜歡她的嗓音。而且跟握手會或者演唱會說話時相比，她現在的音調稍微沉著了一些，可以感受到這就是她平常的樣子。

現在這種情況實在是太過奢侈，讓鈴音覺得自己好像要融化了一樣，但她還是壓抑住自己不去傻笑。

閒聊的時間一點一滴地流逝。而在第二杯啤酒端了過來，包廂裡頭再次變回兩人獨處的時候——

「那個……老實說，妳覺得怎麼樣呢？」

歌凜這麼說。

就算不回問也知道她是在指什麼。

「妳說聲音樣本？」

「是。」

鈴音心想「原來如此，所以才要喝酒啊」，理解了來龍去脈。聽聞評價是很可怕的事。無論是主動詢問還是接受評價，都會想要稍微借用酒精的力量。

「很好啊。」

鈴音以啤酒潤濕唇瓣，說出直率的感想。然而，歌凜的眉頭有點皺了起來。她應該是覺得鈴音有可能只是在講客套話。不過並沒有那種事。

「應該說，我還滿驚訝的。畢竟那不是新人會有的實力。尤其是少年的嗓音！那真的很厲害。要怎樣才發得出那種聲音呢？還有啊，鐘月小姐，妳有演過戲嗎？」

或許是了解到鈴音的熱情並非虛假，歌凜鬆了一口氣似的垂下肩頭。

「我從以前就滿擅長少年的嗓音……但沒機會展現就是了。演技我只是有學過，但沒有具體地站上舞台之類。」

「原來如此啊。妳說有學演戲，是在不當偶像之後學的嗎？——啊，抱歉。」

歌凜忽然畢業的理由，至今仍舊沒有公開發表。

雖說網路上有很多種說法，但真相仍在迷霧當中。既然她本人都沒說起這方面的事，鈴音主動提起或許顯得不太好。

「啊哈哈，沒關係的喔。」

或許是因為有點醉了，歌凜的姿勢似乎沒那麼端正。髮絲微微遮住一邊的眼睛，看起來略顯性感。

（好想把這一瞬間永遠留存！）

鈴音身為粉絲的欲望滾滾衝上腦門，手也好想要伸向手機，但她還是拚命壓抑住自己。不過，晚點兩人合照一下說不定還好。若以經紀公司前輩和後輩的關係來看，那麼做也是很合理的。

「我是想當聲優，才會從對角線畢業的。」

「咦！是這樣啊！」

鈴音還是首度聽說，這也是理所當然的。真要說起來，她是第一次知道歌凜有著那樣的夢想。她自認看遍了歌凜所有的採訪內容，但每一篇都沒有寫到這點。

「應該說，我本來就是想當聲優才會進入前一間公司的。公司的人也是跟我說，對角線是聲優新人團體的企畫，我才開始做的。」

鈴音又更加驚訝了。這個她也是第一次聽說。她以為對角線跟聲優扯不上半點關係。

「結果那都是在唬我。公司是無論如何都要我當偶像，才隨便扯謊糊弄我的。想必是覺得只要我有所動作，就會船到橋頭自然直了吧。」

歌凜嘟起了嘴唇，以鼻息「哼！」了一聲。

看起來像在生氣，也像在鬧彆扭一樣的側臉同樣很可愛。

鈴音有仔細聆聽歌凜所說的話，卻仍不禁凝視起歌凜的臉蛋。

「不過嘛，實際上也正是如此就是了。畢竟我也滿笨的，於是相信了公司那種總有一天、之後會有機會之類的話術……事實上，雖然沒當成聲優，但我也得到了與動畫相關的工作機會。」

她是在說主題曲吧——每一首都是神曲！

「可是啊，再怎樣都會有所感觸的吧？覺得『啊，我想做的果然不是這個』。不過我很喜歡支持我的粉絲，也很喜歡對角線的大家。我決定要努力到對角線能在大型展演空間舉辦單獨演唱會，也打算在努力的期間做自己能做的事。後來公司有位演員前輩透過關係介紹一位聲優給我，那位聲優又介紹了另一位聲優給我。之後我就一直跟後者那位一對一上課。」

「……可以說說那位聲優的名字嗎？」

歌凜說了「可以喔」之後所講出的名字，是鈴音理所當然地知曉的一位聲優前輩。印象中那位前輩應該也有在專門學校當講師。

原來如此，歌凜在錄音亭的態度那麼習慣，正是因為她早就知道該怎麼做才好了。

不過話說回來，歌凜的人脈可真廣。畢竟跟她一對一授課的，可是鈴音只有在配音現場同台過幾次的大前輩。

「是說，這樣好嗎？我和妳幾乎算是第一次見面，妳卻對我一五一十地說出來。雖然說問起這個話題的人是我啦……」

「沒關係。因為我想讓人知道，我並不是抱著玩票的心態來當聲優的……而且巳甘小姐也有對我說，要我結交夥伴。」

「所以就找我嗎？為什麼還我呢？」

鈴音內心一陣騷動。

她心中有著期待感——因為對方說不定還記得她曾參加過握手會，所以有認出她來。除此之外，也有一種無論原因為何，都不太曉得今後該怎麼與歌凜相處才好的擔憂。

「經紀人說過，仙宮小姐是個好人。」

「這、這樣啊……」

鈴音不曉得還能說些什麼，於是把酒杯拿到嘴邊，掩蓋她一直保持沉默的緣由。

她不禁稍微想了一下巳甘那番話到底是什麼意思。

鈴音有自覺自己很愛照顧他人，況且也是希望後進能跟自己拉近關係的類型，但如果她只是被人當成方便指使的人，那就真的會有點不是滋味。

「巳甘經紀人說，只要我直率地全盤托出，仙宮小姐都會承接下來。所以我才會毫不隱瞞地全說出口。畢竟我是真心要走這一條路的。」

歌凜接著說出口的這些話，讓鈴音臉紅了起來。

雖然有一部分是因為偶像就在極近距離凝視自己，但也有一部分是因為自己本性汙濁，儘管只有那麼一小段時間，還是對巳甘心生懷疑，才會羞愧地紅起臉來。

「其實我並不是那麼好的人喔。」

鈴音用筷子夾起美乃滋蝦仁。那已經有點涼掉，美乃滋就快要結塊了。如果有趁熱吃就好了。

「是這樣嗎？」

歌凜歪了歪頭，用手拿起美乃滋蝦仁並且一口吃下。

她「呵呵」笑了出來。

「好吃。」

☆

（她真是個好女生……）

回到家裡洗好澡，換上寬鬆的運動衫後，鈴音在床上以雙手雙腳纏住抱枕，回味那如夢似幻的時光。

結果她們倆相處了三個小時。

從啤酒喝到換成紹興酒，最後則是喝了好幾杯香氣甜美的烏龍茶。

歌凜有接受過專業聲優的指導，對於業界的基本知識似乎都滿了解的。

可是，雖說本來就沒有在聊什麼工作上的話題，但歌凜還是沒有講到自己私生活的部分，感覺一直都在說些無傷大雅的事情。

儘管如此，鈴音依舊感受到歌凜真的很喜歡動畫。她好像每一期都會把播映中的動畫看個幾集，再決定要不要追看下去，知識量也相當豐富。

反而是鈴音跟不上她的話題。這有一部分是因為鈴音開始配音工作以後，就沒辦法純粹地把看動畫當成一種享受，進而迷上了偶像和影劇的關係。

看見歌凜開心地聊起動畫的模樣，鈴音產生了「不想再以工作角度去看動畫了啊」的想法。自然而然地就會關注演藝人員的技術，是一種職業病。

儘管覺得兩人相處了一段很美妙的時光——鈴音還是有一點點覺得寂寞。

眼前的人是如假包換的，對角線永恆不變的C位——鐘月歌凜，卻不是讓鈴音沉迷不已的那位偶像。

宛若超新星的明耀光輝收斂了許多，如同全力彈跳的橡皮球一般的性情也趨於平穩，給人一種成熟的感覺。

理所當然地，她之前是扮演一名偶像。

鈴音不覺得歌凜現在這樣是一種背叛，並未對歌凜失望。她心中也有一部分覺得歌凜就是應該這樣。無論是工作上的自己，還是私生活的自己都有這樣的想法。

只是說，她同樣深刻體會到歌凜真的是畢業了。品嘗紹興酒後說了「好有趣的味道」並且笑出來的歌凜，是個二十二歲的普通女孩。

鈴音房裡的各種對角線周邊到現在依然耀眼，不過她也忽然有一種那些物品都變得有點令人懷念的感覺。

（不過，真是太好了……她有找到新的一條路。）

儘管那對歌凜本人來說應該是回到了原本的夢想，但鈴音之前其實一直為她不當偶像之後要做些什麼擔心不已。鈴音壓根兒也沒想到歌凜居然想當聲優，但她十分理解歌凜是真心想走這一行。

手機響了起來，告知鈴音收到新訊息。她看了鎖定畫面便注意到上頭顯示著彈出視窗，訊息是歌凜發來的。

鈴音的心情一下子高昂起來。

（世上真有這種好事嗎！）

這是前幾天的自己想都想不到的幸福。

歌凜在用完餐後——

『那個……我們可以互加帳號嗎？』

對鈴音說了這樣的話。

這當然沒有拒絕的理由。鈴音瞬時拿出手機互加帳號，然後馬上就建了只有她們倆的群組。這裡絕對不會讓其他人進入。鈴音這麼決定了。

打開App後——

『今天非常謝謝妳。我很開心，也學到了很多。希望還有機會再一起吃個飯。』

裡面寫了這樣的訊息。

（一定會找妳吃飯！）

鈴音差點要順著自己的情感回訊，但還是深呼吸了一下。好危險好危險。要是做出那種行為，就會被當成很飢渴的人了。這時得好好展現身為前輩的從容不迫。

『我也很開心。要是有什麼不曉得的事情，還請隨時聯絡我。一定要再找個機會一起吃飯。』

「…………」

鈴音沒有馬上傳送訊息，等了約一分鐘。

（好，送出！）

訊息送出的過程化作示意圖顯示。發出的訊息立刻就標上了已讀。

好快！

這會讓人誤以為對方該不會是一直在等待回覆。不過真相八成只是訊息送出以後，對方還一直在玩手機。

正當鈴音想著這種事情的時候——

『還請務必要一起吃飯。如果不是場面話，我會很高興的。』

歌凜就迅速傳訊過來。

『當然不是場面話啊——』

鈴音也立即回覆。

對方又馬上回了訊息：

『太好了。下次妳什麼時候會去公司？』

『我想大概是下星期。』

『那麼，時間比較確定以後請告訴我。我這一陣子會比較閒。』

（真、真是積極耶……）

鈴音是很高興，但她對於這種兩人好像要直接成為朋友的氣氛有點不知所措，不曉得這樣子會不會不太好。

儘管她單方面地知曉作為偶像的歌凜，但歌凜應該一點也不了解她的事。還是說時下年輕女生的感覺就是這樣的呢？

當鈴音想著這種事情的時候——

『還有，在這裡也不需要敬語喔。畢竟我是新人嘛！』

這樣的訊息又傳了過來。

『嗯，收到。』

儘管會覺得「怎麼可以對偶像那麼無禮？」但既然偶像本人那麼希望，鈴音還是決定多加注意並打上日常口語的文字。

『說起來，巳甘小姐她——』

（還要繼續嗎！）

鈴音覺得現在的女生好厲害而著急了起來。結果她們兩人後來互相傳訊了兩小時上下。

隔天錄音時，翻動劇本的手指有點肌肉痠痛。

4

「看來她挺黏妳的嘛？」

在一如以往的酒吧吧檯位子上，面對陳年威士忌而慵懶地用手撐起臉頰，並且露出微笑的結衣香所瞇起的眼瞳當中，搖曳著帶點惡作劇意味的目光。

鈴音今天的工作是為下一期的動畫最終回配音。在配完音後的迷你慶功宴當中，於該部動畫擔任配角的結衣香人也在場，鈴音便抓了個好時機和她先溜出來。因為不這麼做的話，常常會被逼得要陪大家陪到底。

「啊哈哈，看來是這樣呢。」

鈴音拿著放有大冰塊的酒杯，晃動著杯中熟成十年的梅酒，並且「嗯——」這樣低吟了一聲。

她和歌凜確實是有每天互傳訊息。在經紀公司見面時，歌凜也都會雀躍地跳向她，綻放那偶像時期一般的笑容。

可是她們在那之後，便再也沒有一起吃飯，也沒有一起出去玩之類的。不過主因其實都是鈴音行程很滿。

雖說鈴音覺得跟歌凜聊些雞毛蒜皮的小事十分開心，但也就只停留在那樣的程度而已。目前使用的化妝品、喜歡的服飾品牌、食物方面的喜好——這一類的事物是了解了，但比較私生活的部分歌凜沒有對自己問起，自己也沒問歌凜。至於工作方面的事也只有歌凜單方面地詢問，自己並沒有過問她偶像時期的事情。

「不過我多少也覺得好像有哪裡不太對勁呢。」

「妳指的是？」

「她拉近距離的方式應該算滿硬來的吧。第一天就有夠積極的。我覺得她可能個性就是那樣，可是該怎麼說？在公司見面的時候，總覺得她對待我的方式好像是要刻意讓周遭的人知道我跟她感情很好……而且我去公司的話，她基本上都會在。」

雖說歌凜問了之後，照實透露自己工作行程的也是自己。

「哎呀，應該只是碰巧而已吧！不行耶，我也太自我感覺良好！」

鈴音大口喝下梅酒。

儘管她一點也不討厭歌凜積極地貼過來，但心裡多少還是會覺得「為什麼會找上我呢？」

「或許並不是那樣喔？」

「咦？」

「畢竟那孩子進我們公司，的確讓一些人不是滋味。她有可能是刻意讓人知道自己跟小鈴感情很好，藉此牽制那些人吧。」

「跟我感情很好，為什麼會有牽制的效果呢？」

「畢竟小鈴可是ＥＡＲＰＯ的搖錢樹呀。應該是要讓人知道，如果有人對她做些什麼，她就會找小鈴妳告狀吧？」

「可是我什麼也做不了啊？」

「就算實際上是那樣，會嫉妒他人到耍起小手段的人可不會那麼想。正是因為那種人會有『自己被人惡整就會向上告狀』的想法，她那樣才有牽制效果。」

結衣香手上酒杯裡的冰塊晃出「鏗啷」的聲響。

「……意思是，歌凜大人也是那種人嗎？」

「就她來說，應該是從偶像時期的經驗學到這種事吧？就是所謂的西瓜偎大邊。」

「也就是說，我可能只是遭到利用而已。」

「妳不喜歡那樣？」

「——不會，一點也不介意。」

鈴音斬釘截鐵地這麼說。

「這反而是我的榮幸呢。光是拉近感情，我就能幫助剛走上新道路的偶像！原來如此。聽妳這麼一說，我也弄清楚自己這種人為什麼有辦法跟偶像拉近關係了。」

鈴音點了點頭。

疑惑徹底解開，心中那份不明所以的陰霾也化解了。結衣香果然相當可靠。

那樣的她卻有點傻眼地挑起一邊的眉毛。

「妳喔……就是因為有這種個性啦。」

「嗯？」

見鈴音聽不太懂意思，結衣香也就一副想說「真拿妳沒辦法」的態度露出苦笑。

「沒事沒事。妳維持現在這樣就好了。畢竟這就是妳的優點。」

「嗯？好喔。」

鈴音還是聽不懂，但她覺得結衣香應該是在誇獎她。

「所以呢？妳覺得她怎樣？」

「『她怎樣』指的是什麼？」

結衣香的唇瓣浮現好像要戲弄他人一般的笑容：

「妳不是跟最崇拜的偶像奇蹟似的重逢了？沒有覺得是命中註定之類的嗎？」

「我非常感謝神明。因為我之前缺乏到見底的偶像養分，現在換成供給過度了。好像要

溺死了一樣。沒想到這樣的幸運會迎面而來……我搞不好明天就會過世了呢？」

「妳不會死的。」

結衣香笑出聲來。

「但我講的不是這個。她已經不是偶像了吧？」

「嗯……是這樣沒錯。」

一想到這點，冰冷的寒意就在鈴音胸口擴散開來。

「看在小鈴的眼裡，她或許還是妳崇拜的偶像……」

對鈴音來說，那八成是永恆不變的事實了。

「……但以看待一個女人的角度來說，妳覺得她怎樣？」

鈴音有一瞬間還搞不清楚結衣香到底對她說了些什麼。

她不禁心跳加速。

「難道妳連想都沒有想過？」

結衣香「呵呵呵」笑了出來。

「既然她已經不是偶像，就可以談戀愛了吧？我覺得這是妳的好機會喔。還是說，妳絲毫沒有那種感情？」

鈴音嚇了一大跳，發不出聲音來。

（跟歌凜大人……談戀愛？）

鈴音不覺得自己是真愛粉，也完全沒想像過那種事情。

她會將鐘月歌凜視作偶像，主要是因為歌凜的表演非常棒。但如果以這點為前提，既然歌凜不再當偶像了，鈴音也就沒有繼續崇拜她的理由。

可是，並非那麼一回事。

光是每天互相傳訊，養分的供給便源源不絕。不僅內心感到滿足，望向寫真集和周邊時的心情也有所不同。歌凜畢業以後，鈴音盡是懷念或者悲傷的情緒，但現在能以歌凜彷彿仍是偶像的心態來看那些收藏。

「我、我可是她的前輩……」

鈴音將酒杯拿至嘴邊，讓梅酒如同沖洗喉嚨般地流進肚裡。酒很冰涼，喉嚨卻很熱。

心臟怦怦跳。

結衣香指出這點之前，鈴音一直都沒有察覺。

自己到底是為了什麼，又基於什麼原因，才會到現在還崇拜著不再當偶像的歌凜大人呢？

☆

「下下期的試鏡我想照這樣規劃，妳覺得如何？」

鈴音在經紀公司拿到巳甘遞給她的資料，將上面每一部作品的資訊都仔仔細細地看過一遍。

現在每一期都會有五十部以上的新作動畫。一部動畫會有四至五人的常駐聲演，所以大概會有一百個人擔綱主要角色。但是，同一個人扮演多個節目的常駐角色並非什麼稀奇的事，所以實際上的人數會更少。

再加上也不是一定能參加所有新作品的試鏡。有些經紀公司可能不會收到試鏡徵人的需求，況且就算有需求發過來，每間公司能對一部作品參加試鏡的人數也有限，聲優得先擠進那樣的名額才行。

站在經紀公司的角度，隸屬公司的聲優如果沒有通過試鏡便做不成生意，因此機會自然而然地常會落到賣座的飾演者手上。

到頭來，門檻便愈來愈高。

幸運的是，鈴音每期都能參加二十部左右的作品試鏡。雖說能中選的只有三至四部，仍算是中選率很高的聲優。

看完所有的資料後，鈴音點了點頭。

「我沒問題。還請讓我參加每一部作品的試鏡。」

「了解。另外，還有外國電影的聲演邀約。有要配的話，連首映場的影人見面會都得參加就是了。」

「我願意。」

鈴音看都沒看資料就立刻回答。

其實她不太喜歡電影的影人見面場。最近除了聲優以外，也常有藝人配音的狀況，所以即使同台也不曉得該怎麼交流。而且絕大多數的觀眾都是為了藝人而去的，無論自己在不在場都沒什麼區別。

那樣的時間令人感到空虛。

儘管如此，既然是指定自己去配音的工作，鈴音就不會隨隨便便拒絕。畢竟那是巳甘特地通知她的工作，應該不至於不適合她。

「ＯＫ～那我就用這些案子調整行程，排好後再跟妳說。」

「麻煩妳了。」

巳甘說了聲「交給我吧」而笑了出來，輕拍一下鈴音的肩膀之後，隨即回到自己的桌位上。

鈴音接下來得去錄製電視節目的旁白。如果是在經紀公司的地下錄音室錄製就很輕鬆，但這次得親自去電視台才行。

雖說搭計程車移動比較輕鬆，但怕會被捲入塞車的車陣當中。鈴音以前曾經因為那樣而不停道歉，後來便一直都搭電車了。

把資料統整在一起放進托特包，「嘿咻」一聲背上肩膀之後——

「那我先離開了——」

她就說了這樣的話，走出公司。

在大廳等待電梯上來之際，鈴音心想「這次不知道會通過幾部作品的試鏡呢？」國中時期，她從來沒有想像過到了現在這種年紀居然還得做些像在考試一樣的事情。

而且每次都會體會到有如面對入學考試的感情波動。

中選的話會高興得翩然起舞，落選的話會不甘心到想放聲大哭。再加上這跟入學考試並不一樣，不曉得什麼時候會公布結果，等待的時間所帶來的壓力可不是普通地大。

其中也有直到卡司發表前都不會知曉是否中選的作品，所以要轉換心情並不容易。無論怎麼教自己不去想，腦袋的角落還是會像偷懶沒打掃的房間留下灰塵一般，蒙上一層陰霾。

就在電梯隨著電子音效來到這一層，門扉打開的一瞬間——

「啊。」

鈴音不禁叫出聲來。

「早、早安！」

她急忙後退一步，低下頭去。由於動作做得太猛，托特包差點從肩膀上滑落。

「……早。」

以似乎有點不高興的嗓音如此回應的人，是和結衣香同期的賀彌河麻實。對鈴音來說，她是經紀公司內的聲優前輩。

老實說，鈴音有點不擅長和她相處。她總是散發生人勿近的氛圍，說出口的言語也時常帶刺。據結衣香的說法，她以前似乎並不是那樣，但鈴音只知道現在的她，因此從不覺得她好相處。

「那我先離開了。」

就在鈴音這麼說而要走過她身旁的時候——

「欸。」

她叫住了鈴音。

這下子再怎樣也不能裝作沒有聽見。鈴音停下腳步，回了一聲「是」。電梯門在眼前關上，發出細微的低鳴聲而向下降。

只能面對她了。

鈴音在心中嘆氣，再次面向賀彌河。

她微笑地回問：「怎麼了嗎？」

賀彌河表現出要跟鈴音借一步說話的態度，要她跟著去經紀公司的門口看不太到的地方。

鈴音是因為站在電梯門前會礙到別人而順從她的意思，但其實暗自希望能夠盡早脫身。雖說時間上還很有餘裕，鈴音還是想在進電視台前在咖啡廳重新讀過劇本。

賀彌河站在以前有吸菸區，牆壁略微染成褐色的角落，帶著一副彷彿能聽見咂舌聲的不悅神情看向鈴音。

「……妳啊，好像跟那個前偶像走得很近，但還是別這樣比較好吧？」

她忽然對鈴音說了這樣的話。

雖說腦袋有一瞬間陷入一團混亂，但鈴音馬上就理解到她是在說歌凜。

「大家對她的評價很差喔。據說她是拚命靠關係才進來我們公司的。上頭好像也因為這樣，要讓她參加好幾部下下期作品的試鏡。跟她待在一起的話，妳也會被當成是撿她的便宜才拿到工作喔。」

鈴音心想怎麼可能會有那種事，但並沒有說出口。

要反駁對方的話會拖很久。這種時候，隨意地一笑置之正是大人的處世之道——然而，鈴音是真心地想發笑。

她認為即使跟歌凜拉近感情，也不代表經紀人就會把工作端給她。

（咦？難不成歌凜大人是演藝圈的大人物？）

儘管心裡這麼亂想了一下，鈴音依舊知道沒有那種事情。歌凜進入她們公司或許多少有靠關係，可是換公司的時候透過某些人脈可是很一般的事情。如果是經由某個人的介紹而進入公司，也不是什麼罕見的事。

雖然不曉得歌凜到底會參加幾部下下期作品的試鏡，但以她的資歷來看，就算上面想以話題性為重、多給她機會也不是什麼奇怪的事。如果她真是靠特權天降的，那其實根本不必參加試鏡，靠關係讓人指定她就能直接拿到角色了。

鈴音這麼回覆之後——

「妳也太傻了。」

便被賀彌河嗤之以鼻。

「那不過是以徒具形式的試鏡，來當成自己是以實力贏下角色罷了。那樣的作假方式很常見啊。妳跟那種女生走得太近，一樣會被當成那種人喔。」

（啥？）

鈴音怒火中燒。

她並不是因為自己被當成爛人才生氣。而是因為對方認為自己的偶像會做出那種事情才發怒。

別瞧不起人了。

妳明明就不知道鐘月歌凜有多麼努力。

倘若崇拜著鐘月歌凜，無論是誰都一定會知道。就算她實際上其實是想要當聲優，還是全心全意地當過一個偶像。看她唱歌、表演的樣子就能知曉，那當中沒有任何一部分是在敷衍了事。

「那個——」

就在鈴音想要好好反駁，即將開口的時候……

電梯到了這一層，門扉打開。

「啊，早安——」

（歌凜大人！）

當事人出現了。

她今天穿的服裝是捲起袖子的印花運動衫和寬鬆的垮褲，並將報童帽斜斜地戴著，稍微遮住一邊的眼睛。肩上背著的是水桶包。僅有一邊耳朵戴著的錨形耳環搖搖晃晃。

（今天也好可愛！）

歌凜帶著柔和的微笑接近而來。

這次賀彌河是真的咂舌了一聲。

「早。」

然後如此低語，對歌凜連看都不看一眼就走進了經紀公司。而且她進公司的時候，還以截然不同且充滿活力的嗓音道了早安。

鈴音垂下肩頭，嘆了一口氣。托特包感覺要從肩膀上滑下去。

發怒的時機就這樣子錯開了。

她回想起學生時期，心情變得滿糟的。有一種人就是會說著「為你好」，但其實是想把你拉去跟自己站在同一邊。

鈴音出社會後還是第一次遇到這種狀況，她一直都是自營業，所以不太了解一般情況是怎樣，或許當上班族的成年人常會碰到這種情形也說不定。

（下次我就問一問巳甘姊吧。）

她並不是抱著非分之想才要去問，而是因為好奇心就是演藝人員的能量。

「發生什麼事了嗎？」

對於看著賀彌河的背影而這麼說的歌凜，鈴音搖了搖頭。

「……是說，妳今天怎麼會來呢？」

今天早上傳訊的時候，歌凜沒有提過自己會來經紀公司。但真要說起來，鈴音她也是一樣的。

「巳甘小姐說要找我談試鏡的事。仙宮小姐妳呢？」

「我也一樣。」

「這樣啊……那個……有什麼建議之類的嗎？」

「咦？」

「比如說，選哪一種角色會比較好之類的，有什麼建議的話，我想聽聽看。」

不不不。

思維上的不同讓鈴音感到訝異，同時也有點著急。她擔心經紀人會覺得她的偶像在耍大牌。

「不會依自己喜好來選的喔。基本上對經紀人所說的都會全盤接受。儘管巳甘姊還是會問有沒有什麼不能接，但她把資訊帶過來的時候，其實都已經仔細確認過了。」

歌凜「咦～」一顯得驚訝。

儘管如此，鈴音覺得歌凜還是十分厲害。她會打從一開始就覺得自己有多個機會可選，不曉得是不是對於走到這一步的自己很有自信呢？

不過她可是鐘月歌凜，會那樣也是理所當然的。

「……原來那種事情換到這邊也是一樣的啊。」

歌凜有所體會而點了點頭。

「那我就那麼做。仙宮小姐很信任巳甘小姐的話，我也能跟著放心。」

鈴音覺得自己莫名地被人信賴。

被人認為可靠是很令人開心，但如果歌凜對每個人都是這樣就有點令人操心了。

儘管同樣是演藝圈，但偶像界絲毫不能大意，先前在偶像界打滾的歌凜理應絲毫不會鬆懈——鈴音是這麼想的，但那會不會只是偏見呢？

「那個……仙宮小姐……今天有時間的話，要不要約在哪裡喝個茶——」

「啊，抱歉。我接下來要去電視台錄製旁白。」

「這樣啊……不會，我才不好意思。那今天晚上我再傳訊息給妳喔。請妳加油！」

「嗯，謝謝。」

鈴音如此答覆，歌凜也以笑容回應，然後就一個轉身前去經紀公司。鈴音也移動至電梯前，按下按鈕。

她想不起來，兩人每天互傳訊息的習慣到底是從何時變為理所當然。感覺是一回過神來就變成那樣了。

電梯到了這層，鈴音走進去而轉過身後，便發覺歌凜還在公司入口，小動作地揮手。

鈴音也在電梯門完全關閉前，揮手回應歌凜。

儘管鈴音感受到了好久以前體會過的那種心癢癢的感覺，但那絕對不會令人厭惡。

5

試鏡的日子接近時，經紀公司總會變得十分熱鬧。

這是因為聲優會在地下層的錄音室錄製音檔試鏡用的樣本。平時只要稍等一下就能立刻使用錄音室，唯有這個時期沒辦法那樣。

預約表一直都是滿的，有時也會有經紀人為了安排時間而吵起架來。不過吵起來的樣子當然是不會讓藝人親眼看見。

試鏡用的樣本內容，是讓聲優實際演出指定角色較短的台詞。

聲優若要那麼做，就必須讓角色融入自己才行。有原作的話可以直接閱讀該作品，但如果是原創作品，就得參照設定自行想像。

鈴音是在一天要結束時進行這樣的作業。確認影像、確認劇本，也都是在那樣的時間。她盡可能放輕鬆，也將手機電源關掉，面對自身的內在。

鈴音租的公寓是以就算演奏樂器也沒關係、完全隔音為賣點，所以只要把門窗關緊，無論發出多大的聲音都沒問題，也不會受到外頭的噪音影響。雖說房租相對地比較高，但這是必要花費。

她和歌凜的訊息來往也理所當然地減少了。即使如此，依舊沒有隔天才回訊息的狀況，但不會光是傳訊息聊天就花上好幾個小時。

至於歌凜，她儘管是新人，好像還是有二十部作品的邀約。指定她當配角的作品有五部。要她參加主要角色試鏡的有十五部。

數量上和鈴音幾乎沒有差距。可以體會到經紀公司和作品製作方對她的期待都很大。

EARPO會讓三至四人參與一個角色的試鏡。

到頭來，有幾部作品變成要跟歌凜爭角色。

試鏡並非光看演技如何來決定是否中選。與其他演員搭配起來的平衡度、對於角色的詮釋、飾演者本身的話題性等各種要素都會是額外的加分依據。

因此，也很有可能發生歌凜忽然就被選為主要角色的情形。

對於這種事情——

（加油啊，歌凜大人！）

鈴音是率直地這麼想的。

或許有些人會覺得，鈴音是因為現在有辦法接到許多角色才能有這樣的想法，但事實上並非如此。將偶像的幸福擺第一，可是粉絲的基本功。

在鈴音的心目中，歌凜現在依然是第一名的偶像。

就算看不到她作為偶像的全新表演，相對地還是能攝取她平時的模樣、私下的裝扮等偶像時期想看也沒得看的部分，完整的歌凜也就這樣在鈴音心中逐漸拼湊完成。

鈴音覺得自己好像看見了神佛「偶像」得到肉體、轉化為人類的過程，享受到如此奢侈的體驗。

而且就算沒有以前那麼顯著，還是有可能看見歌凜身為偶像的一面。

歌凜並未拒絕歌唱活動。也可以上節目露臉。這年頭聲優和一般藝人的區隔已經愈來愈模糊，況且也有以動畫為出發點的偶像團體接二連三誕生，說不定之後也會有歌凜當C位的新團體。

由於鈴音本身拒絕任何歌唱活動，所以沒機會跟歌凜組團。維持這樣就好。她覺得就偶像和粉絲的距離而言，這樣子是正確的，她也想從外側見識歌凜的演出。

☆

『我通過了！』

歌凜狀似開心地打電話過來之際，剛好是鈴音走向下一個錄音現場的時候。

風中夾帶著寒意拂過，腳邊也有變成黃色的銀杏葉子繞圈圈地飄過鈴音身邊。

「恭喜妳——」

儘管鈴音如此回答，但歌凜通過的是音檔試鏡。接下來才是重頭戲，也就是錄音室試鏡。

導演們和製片都會在，如果是改編作品，甚至會有原作者在場。聲優得在那些人面前讀起劇本。況且還會有現場人員當場指示的狀況，緊張感可是完全不同。

儘管如此，歌凜至今應該也撐過了許多類似的狀況，想必是不會怯場的。如果不是那樣，她就沒辦法站在幾千人面前表演了吧。

「哪部作品通過了呢？」

『嗯——』

歌凜提到的有七部作品，鈴音也有在其中兩部飾演其他角色而通過。

「既然這樣，錄音室試鏡就會在一起了呢。」

『是的！』

嗓音當中滿溢欣喜。

鈴音想起自己以前那時的情形，瞇起了眼睛。第一次收到音檔試鏡通過的通知時，鈴音的心情便宛如要升天了一樣，會讓人覺得明亮的未來在眼前展開，無論怎樣的角色都在自己的掌握之中。

然而實際上，她在後來的錄音室試鏡中落選了。巳甘聯絡說沒有通過的那一天，鈴音詛咒起世界的無情，全心全意投入打工當中。

『那個……試鏡當天，可以請妳陪我一起去嗎？』

畏畏縮縮的嗓音搔著鈴音的耳朵，這簡直就像奢華的個人ＡＳＭＲ。跟歌凜通電話很開心，談話間幾乎沒有半點沉默，甚至到了很難找時機掛斷的地步。絕大多數的狀況都是由鈴音找機會掛斷，畢竟她可不能給偶像添麻煩。

「嗯……巳甘姊應該會陪妳一起去吧。」

再怎樣應該都不會突然就讓新人單獨前去試鏡。當然，經紀人會告知錄音室的位置，不過那並非很顯眼的設施，聲優去了的確有可能會迷路。

『這樣啊，說得也是呢……』

歌凜不安似的嗓音，讓作為粉絲的內心刺痛。可以的話，鈴音想牽著她的手去錄音室，但這種過火的行為當然不太好。

『那麼，結束之後一起去吃個飯吧！』

「等我確認好行程，確定有空才行喔。」

『了解！』

歌凜充滿精神地回應後，兩人又閒話家常了一陣子。掛斷電話的時候，是在抵達錄音室的不久前。鈴音把手機收進包包裡，呼出一口氣，轉換心情。

「早安——！」

好好打招呼是工作的基礎。鈴音切換至工作模式了。

☆

「仙宮，抱歉！」

當鈴音在公司看白板確認預定行程時，從會議室走出來的巳甘突然兩手合十道歉。

（怎、怎麼了怎麼了！）

至少有十種最慘的預想在腦裡浮現，竄過腦海。

試鏡取消了？確定要演出的朗讀會中止了？雖然沒用社群平台，可是在平台上被抨擊了？還是說——自己是歌凜的超級無敵鐵粉一事被發現了！

「不好意思，明天的試鏡，妳可以陪鐘月一起去嗎？」

「咦？咦？」

想都沒有想過的事情，讓鈴音的思考瞬時陷入混亂。

「其實啊，突然有個無論如何都不能避開的會議。我有請久留間幫忙向錄音室打聲招呼，但鐘月這次是第一次去吧？我負責的聲優當中，明天要參加試鏡的只有妳跟鐘月兩個人而已，所以只能找妳幫忙。拜託妳了！」

巳甘兩手又「啪！」的一聲合十。

久留間也是一位經紀人，應該是因為自己負責的聲優也有不少人要去試鏡，才會很乾脆地願意前去現場，但她或許還是不會為其他經紀人分配到的新人負起責任吧。

「基本的事情我都教過她了，妳只要先陪她一起過去就好。不過如果有個萬一，出了什麼事情，可以麻煩妳幫忙補救嗎？」

「知道了，我沒問題喔。」

能幫上偶像可是求之不得。

「真是幫了大忙！下次我會請妳吃點東西的！」

——如此這般，錄音室試鏡當天，鈴音得在距離最近的車站和歌凜會合。

試鏡時間是在傍晚。鈴音平時都是用走的去那間錄音室的，但這次有兩個人，所以打算搭車移動。

再怎麼說歌凜都是第一次試鏡，可不能讓她在上場前就耗費體力。

搭車的話，由於經紀公司並不會支付交通費，大多是搭巴士過去。儘管如此，今天可是有歌凜在。就算戴上口罩，也不見得不會被任何人察覺。要是聊起天來，由於兩人的嗓音都能傳得滿遠的，被認出來的可能性想必會拉得更高。

在出了驗票口的地方等著等著，肩膀突然被拍了一下，鈴音有點嚇了一跳而轉過頭去一看，便發覺是戴著口罩的歌凜站在那裡。她的目光帶有欣喜。

「早安。」

歌凜今天的穿搭是長袖船型領套頭式襯衫，以及貼身的牛仔褲。雙耳都有戴上小小的，像是鑽石一樣的耳環。

這樣子看來不至於會發出聲響。錄音的時候，挑選不會摩擦出聲響的衣物是很基本的事。這方面的事情歌凜看來已經很熟了。

「早——」

鈴音則是穿著有腰帶的卡其色連身襯衫裙以及懶人鞋。

「妳看起來……好像沒有在緊張呢。」

「對啊。我本來也覺得自己身子會更僵硬，但心情倒是滿一般的，連我自己都嚇了一跳。不曉得是不是我很習慣了。」

「之前也常常有這種狀況嗎？像試鏡一樣的。」

鈴音一邊走向計程車招呼站，一邊這麼發問。

「對，因為每首歌都會決定一次C位。」

「這樣啊。」

鈴音如此回應，但她其實早就知道了。

畢竟對角線的紀錄片也有收錄這一部分，以前也有一次是經由粉絲投票來決定C位。鈴音當然有參加那場投票，歌凜高票勝出。

她們在排列了幾輛的計程車當中，選擇司機為女性的車子後坐上去。

「請載我們到——」

然後說出錄音室的名稱。司機回了一聲謝謝之後，便以熟練的手勢將地點輸入導航，立刻把車開了出去。

鈴音有點不喜歡車子剛要開始行進時，這種微微晃動的感覺。

「巳甘小姐是個很忙碌的人呢。」

歌凜將容量滿大的雲朵包放到膝蓋上，然後這麼說：

「聲優工作時，經紀人都不會到現場嗎？」

「嗯……廣播節目跟活動時人是會在，但錄音就比較不會了吧。」

雖說每間經紀公司的方針都有所差異，但EARPO大概是這種感覺。

「不過試鏡的時候，巳甘姊一直都會來就是了。今天好像是有無論如何都得參與的會議。」

「我有聽說。但這樣對我來說很幸運就是了。」

「為什麼呢？是因為妳到現在，跟巳甘姊相處還會很緊張嗎？」

「一點也沒那回事喔。幸運的點在於因為巳甘小姐很忙，我才能跟仙宮小姐一起前往錄音現場。這讓我非常放心。」

（居然是這樣！）

令人高興到好像要升天的說辭！鈴音拚命繃緊臉頰的肌肉，設法讓自己不要喜形於色。

「是說，妳是要配少年角色吧？」

她咳了一聲，為了重新整理心情而轉變話題。

「是的。」

從回應中能感受到自信。

有聽過那聲音樣本的鈴音心想「這是理所當然」。鈴音還沒聽過歌凜演出這次那個角色的嗓音，不過那個角色和之前錄製的樣本所設想的少年並沒有太大的差異。說不定，歌凜這次會突然就拿下配音班底的地位。

「仙宮小姐要配的是女主角吧。一起通過試鏡的話，感覺就有很多機會可以互動，好令人期待喔。」

「如果能那麼順利就好嘍。」

見鈴音微微苦笑，歌凜一臉覺得不可思議的神情。

「妳沒有自信嗎？」

「嗯……倒不是那麼一回事。」

鈴音在腦袋的皺褶與皺褶之間找尋比較恰當的說法時，車子緩慢地轉了個彎，使得歌凜的上臂和鈴音的上臂貼在一起。

鈴音以為歌凜馬上就會移開，但她就這樣一直讓身子擱在鈴音身上，沒有要移動的意思。

（這這這這是什麼狀況？）

鈴音覺得要是自己主動移開，就會像在拒絕對方一樣而顯得失禮。如果她不喜歡這樣便會移開，不過她就是沒有不喜歡，才會不為所動。儘管隔著布料，還是能感受到歌凜的體溫，一股微微的暖意。

「我要配的角色是前輩的搭檔，如果錄取，有個雙人主持的廣播節目也不錯呢。我還滿憧憬的。動畫的廣播節目，感覺會滿開心的。」

真不妙，沒辦法面向側邊。要是面向側邊，偶像的臉就會近在咫尺。話說回來，會不會讓她聞到汗味之類的啊？雖然沒有流汗，但一意識到這種事情，身子就開始發熱了。該怎麼辦才好？

「鐘、鐘月小姐也有主持過吧，廣播節目……」

「嗯。由對角線的團員主持，每週換人。」

鈴音當然也知道這件事。

基本上是兩人主持的廣播節目，由五位成員輪流上陣。鈴音還記得當時她曾發覺到只有歌凜一個人聲音的宏亮程度出類拔萃。

「因此一個月只會有一次主持機會，總覺得沒什麼在主持呢。所以啊，我想要試試看，跟仙宮小姐一起主持動畫的廣播節目。」

鈴音偷偷瞄了一下歌凜的側臉。

筆直面向前方的歌凜，在極近距離看依舊美麗無比，不曉得她是不是有化妝，臉頰瞧不見半點毛孔之類，看起來滑溜溜的，所謂像大理石一樣的肌膚，是不是就是形容她這樣子呢——鈴音心裡這麼想。

由於鈴音崇拜的部分也有臉蛋，這對她來說可是超越了眼福，算是一種眼毒了……會侵蝕內心的毒物。

歌凜的髮絲傳來了沒有聞過的味道。不曉得是不是潤髮乳？還是她有在脖子噴香水呢？微微的辛香料風味，令人聯想到在沙漠中行走的駱駝。這當然不是讓人直接聞到駱駝的味道。真的駱駝味很臭。

鈴音在腦內搖頭，趕走胡思亂想的自己。

重點是廣播節目。

的確，兩個人一起中選的話，歌凜所說的事情也就不是夢想。每一期幾乎所有作品都會推出兼具宣傳效果的作品動畫版廣播節目。

歌凜要錄音的少年角色，設定上是會對鈴音要錄音的女主角提供協助的電子生命體（鈴音不曉得確切的定義），同時是時而出現的關鍵人物。就算沒能成為班底，也一定會以來賓身分受邀上節目。

「能、能順利就好了呢。」

鈴音壓抑住自己好像會無邊無際地延展下去的妄想，好不容易回答出這麼一句。

車子再次轉彎，歌凜的身體移開了。

後來她沒有再靠到鈴音身上。

鈴音心裡有一點點覺得寂寞，因為她多少覺得歌凜可能是不太中意她那樣的回答才會這樣。先前貼至上臂的那份溫暖一下子消散，也令人有點寂寞。

『即將抵達目的地。』

彷彿伸手援助一般，導航通知大家目的地就在不遠處。鈴音覺得那聲音似曾相識。由於聲優有時也會有這種配音工作，如果是熟人的聲音就會覺得興奮，或者覺得害羞之類的，但她今天沒有那種心情。

計程車靠近交通護欄後停車，鈴音確認車程的費用。

「刷卡付費。請開收據。」

並且說了這樣的話。

「啊，我也要——」

歌凜這麼說而要拿出錢包，卻受到了鈴音制止：

「沒關係喔。這樣也可以節省時間。」

請司機分開開收據挺麻煩的。

「那回程就由我來付嘍。」

歌凜這麼說之後，隨即將錢包放回雲朵包。看來她是在鈴音不知道的時候，就已經決定好回程也要一起行動了。不過鈴音當然沒有異議。

付完車錢拿好收據，下了計程車之後，外頭的風有點冷。

鈴音和歌凜走進位於幽靜的住宅區，看起來像有點大的民宅一般的錄音室。

「——早安！」

☆

「好，這樣子就行了。辛苦了。」

「謝謝。」

對控制室發出的聲音這麼回應之後，鈴音便帶著行李走出錄音亭。

她「呼～」嘆了一口氣。

每一次的試鏡總會令人緊張，從來沒有一次習慣過。畢竟不知道會受到怎樣的指示，受到指示後要是自己的經驗沒辦法回應對方，便會面臨卡關。

「仙宮小姐辛苦了。」

歌凜小跑步到鈴音身旁遞水。

「謝謝。」

鈴音邊接下邊回應的時候——

『——接下來要開始加多亞·布魯克的試鏡。請第一位進來。』

控制室發出的廣播傳進等待室。

歌凜看向久留間經紀人。

加多亞·布魯克的試鏡從ＥＡＲＰＯ選出了兩名聲優。

「那麼，鐘月小姐妳先去。」

「好的！」

歌凜的聲音充滿幹勁。

凝視她意氣揚揚走進錄音亭的那些目光，說實在的，並不是什麼溫和的眼神。不過，大家好像都對她滿有興趣的，不約而同地看向掛在等待室牆上的螢幕。

這個螢幕設定成可以聽見錄音亭內的聲音。而沒辦法聽見控制室聲音的原因，多半是有些談話內容不能讓演藝人員聽見吧。

『我是隸屬ＥＡＲＰＯ的鐘月歌凜。請各位多多指教！』

歌凜以響亮的聲音這麼說之後，便低頭行禮。

『──那麼，請開始。』

自控制室發出的，歌凜現在一樣聽得見的聲音從螢幕裡傳了出來。雖說這不是自己在試鏡，鈴音還是挺直了背脊。

控制室裡頭有著導演、音效指導、製片、出版社的負責人和原作者。儘管前偶像就在他們眼前，他們臉上依舊沒有半點笑意。

錄音亭的提示燈亮了起來。

『……妳是怎麼與我連接在一起的──』

歌凜人生第一次的錄音試鏡開始了。比真實的少年還要像少年的嗓音，讓等待室的大家騷動了起來。

（懂了吧懂了吧。）

鈴音在心裡點了點頭。

久留間應該是早就聽過歌凜的聲音樣本了，看起來並不驚訝。不過其他人就算對歌凜很有興趣，也絕對沒有聽過歌凜的配音。

她的演技很出色，對角色的詮釋也和鈴音想的一樣。

然而——

『——不好意思，請用另一種詮釋再演一次。』

音效指導給了這樣的指示。

『啊，好的。』

看得出來歌凜有一瞬間不知所措，鈴音也一樣。不過，演藝人員詮釋的方式和導演的看法有所不同並不是什麼罕見的情形。歌凜也一副已經成功切換的樣子……

『……妳是怎麼與我連接在一起的——』

並且開始配音。

由於台詞沒辦法變動，於是便藉由音調的高低、語速的快慢、音量的大小，以及放進語氣當中的心情來改變角色的詮釋方式。

這次的演技也很棒。就算換了一種詮釋，仍是如假包換的少年配音。

……可是，不知道為什麼，鈴音感受到了些許的不協調感。雖說沒辦法好好化作言語，但總覺得好像有哪裡不太平順似的。

『——交給我吧。』

『好的，謝謝妳的演出。請稍等一下。』

再次陷入沉默。

導演等人在控制室討論著某些事情。等待室沒辦法知曉其內容。

待在錄音亭的歌凜也不曉得。

這段時間真的會讓人胃很痛。雖說不會當場決定是否錄取，但實在不可能不去在意他們到底在討論些什麼。就算今後一輩子也不會知道討論的內容，心裡還是會去在意。

『——嗯，這樣就行了。謝謝妳的演出。』

幾分鐘後，對於音效指導透過對講機所發出的聲音——

『謝謝各位！』

歌凜清晰明瞭地做出回應，但已不再令人感受到先前那滿滿的自信。

從錄音亭走出來之後，她便筆直地走向鈴音身邊。這時換成參加同角色試鏡的另一名後輩聲優進去錄音亭。

「辛苦了。」

鈴音這麼說之後，歌凜便垂下肩頭。

「我緊張得要死……」

她「呼」的一聲這樣嘆氣，劇本都被掐皺了。

『……我是隸屬ＥＡＲＰＯ的青山釉。請各位多多指教。』

聽見螢幕傳出這樣的聲音，歌凜便回過頭去看。

鈴音也抬起臉來，十分專注。

之所以會這樣，是因為鈴音覺得如果拿現在這位聲優後輩來做比較，說不定就能理解先前在歌凜的配音中感受到的，那些許的不自然是怎麼一回事。然而，到頭來除了覺得這位後輩的演技是動畫中很常見的詮釋方式以外，什麼也沒發現。

☆

「啊——那時有夠緊張的！」

在居酒屋的包廂裡，歌凜咕嚕咕嚕飲下啤酒杯裡頭的生啤，將厚實的杯底叩在桌上，並且吼叫似的這麼說。

「是這樣嗎？」

鈴音一邊在第一盤下酒小菜的銀杏上面撒鹽，一邊這麼說。歌凜的態度大方，看起來一點也沒有緊張的樣子。

「是喔。我只是早就習慣裝模作樣，讓人看不出來我很緊張罷了。」

她一下子舔過沾在嘴巴四周，像是鬍鬚一樣的泡沫。

在鈴音面前的，是她平時常點的加冰飲用的梅酒。這間店的梅酒是以日本酒為基底，有種奇特的風味。鈴音覺得這比以燒酒為基底的梅酒還要清爽一些，不過那有可能只是單純因為製作時所加的冰糖比較少。

她們先點了幾道老闆所推薦的餐點，另外也點了一些各自想吃的東西。鈴音點了剛到產季的炸牡蠣，歌凜則是點了唐揚雞。

試鏡結束後，向巳甘報告過便可以現場解散。當兩人向久留間打過招呼，來到錄音室外頭攔計程車的時候，歌凜說了「不想就這樣直接回去」，於是她們便前往鈴音很常去的居酒屋了。

時間是還有點早，但也因為這樣，她們被帶到了最大的一間包廂。

鈴音看了一下手機——

『可以的話收尾也麻煩妳了！我會報公帳的！』

便發覺巳甘傳來了這樣的訊息。由於她們本來就沒打算直接解散，巳甘這段訊息可說是順水推舟，可以用經紀公司的錢來乾杯。

真是太奢侈了。

平時不太會點的東西，也會想趁這次吃吃看。

「不過，總覺得啊……我中選的機會滿大的呢～」

歌凜從喝啤酒換成喝檸檬高球雞尾酒，好像有一點左右搖晃地這麼說。

「是這樣啊？」

鈴音也一邊品味第二杯梅酒，一邊望著偶像惹人憐愛的樣子。

「對。仙宮小姐妳不會覺得自己中選的機會很大嗎？」

「嗯……這很難說吧。」

鈴音回想起過去的每一次試鏡。

「我每次都覺得自己很有機會中選，也每次都覺得自己不會被選上。」

「那是什麼意思啊～」

歌凜咯咯笑。

「鐘月小姐應該是因為今天第一次試鏡，才會有那種感覺。參與無數次試鏡以後，認為自己會中選結果落空、覺得自己沒機會結果卻中選的情況可是很常見的。我不會讓自己的情感隨著中選落選而波動。」

「做得到那種事情嗎？」

「嗯。不過嘛，我也不是不管怎樣都不會開心，也不是不管怎樣都不會沮喪就是了。」

歌凜「哼嗯～」了一聲，喝了一大口檸檬高球。

說是這麼說，其實鈴音也覺得歌凜中選的可能性相當大。那種少年嗓音可說是接近獨一無二，也有好好地回應製作方的指示。

當然，到頭來還是要由製作方來決定，但如果加上歌凜的知名度等要素，會採用歌凜來配那個角色也不是什麼奇怪的事。

「——我去廁所一下喔～」

就在餐點吃到一個程度，酒也喝到一個程度的時候，歌凜一邊呵呵笑，一邊從嵌入式暖桌的位子上站起來。她或許是有點醉了，腳步看起來不是很穩，發笑的感覺也像是要耍什麼詭計一樣。

只剩自己留在包廂時，鈴音深深地長嘆一口氣。

啊，真是不妙。

明明已經一起吃飯喝茶過好多次，但每次都像第一次相處一樣，覺得好新奇，又很令人興奮。

不只料理讚，連這一方面都很奢侈。

會讓她對過去買了CD，得到偶像十幾秒時間的自己感到過意不去。

不過這樣子享樂可是自己的祕密。

眼下已經完全錯過可以透露自己其實是粉絲的時期了。她覺得到現在才講的話，就會變成是在欺騙對方。歌凜對她展現的私下形象，就是已經多到這種地步了。

雖然鈴音多少覺得要是一開始有直接講就好了，可是那樣的話，歌凜說不定就不會像現在這樣跟她那麼要好。

看著看著就能察覺，就算是現在，歌凜面對粉絲還是會採取特別不同的態度。業界也是有人會說喜歡她，在那種時候，歌凜的應對模式便會有所改變。

聲優身為社會人士，當然會好好地應對「客戶」，但平時基本上都是做自己。

很少有人私下相處時的行為舉止，會與活動等場合上台時完全不同。

鈴音並非覺得歌凜那樣的態度不好，反倒覺得歌凜很專業而心生佩服。能讓人體會到對角線的鐘月歌凜到底淬鍊得有多深。

鈴音也很喜歡歌凜的那一面，所以覺得自己現在可說是處於一種能有雙倍享受的位置，卻又不能對歌凜這個當事人說她有多麼地棒，令人有點遺憾。

就算能講，或許也只會造成歌凜的困擾就是了。

「我回來嘍——」

帶著手舞足蹈般的嗓音進來的歌凜，不知為何不是坐在之前一直坐著的對面座位上，而是坐到了鈴音斜前方。她把自己的筷子跟杯子移動過去。

「呼呼～」

表情笑咪咪的，十分耀眼。不知道為什麼突然變得好近。對於那伸出手就能觸及歌凜的距離，鈴音有點緊張。

「鐘、鐘月小姐妳——」

正當鈴音想說要講個可以讓自己分散注意力的話題，開了口的時候——

「歌凜。」

對方突如其來地講了自己的名字。

「咦？」

「叫我歌凜就可以嘍，畢竟我是後輩呀。應該說，希望妳能直接叫我歌凜。一直用姓氏稱呼我的話，我總覺得好像沒辦法進入妳的小圈圈似的，會覺得滿寂寞。ＥＡＲＰＯ裡面感情很好的人，不都是互相叫名字或者小名的嗎。」

「這麼說是沒錯……」

「如果仙宮小姐覺得我跟妳並沒有那麼要好，那我倒是會放棄啦。」

「沒那回事喔！」

鈴音不禁大聲喊了出來。

這可不好。

可是，該怎麼做呢？雖說現在還是會將身為偶像的她稱作「歌凜大人」，但再怎樣也不能真的這麼叫。儘管如此，直呼其名諱還是太逾矩了。

「那……可以叫妳小凜嗎？」

「可以。」

歌凜臉上浮現的笑容彷彿在說「進行得很順利」。

「那，妳就那樣叫我看看。」

「咦！」

「好啦，快一點嘛～」

「小、小凜……？」

鈴音覺得歌凜好像在戲弄人。不過歌凜很可愛，鈴音便原諒她了。

「嗯。」

「小凜。」

「嗯。」

歌凜面露別有深意的笑容。她在極近距離綻放好像要惡作劇一般的笑容，其破壞力實在是太過強大。心臟會壞掉。會被她萌死。

「我也可以直呼妳名字嗎？」

「可、可以啊？」

「那……鈴音姊？」

「呃，可以。」

「太好了。這樣子，我們感情就更好了呢。」

笑著說出「好開心喔」的她，不會讓人覺得那是場面話或者工作性質的演出，能讓人相信她是真心為了感情變好而喜悅。就算這是粉絲眼光所產生的錯覺也無所謂，沒有比這更棒的獎賞了。

「鈴音姊、鈴音姊。」

歌凜揮了揮手，要鈴音去她那邊……

「再過來一點。」

「咦？」

雖說不曉得歌凜的意圖，鈴音還是順著她的叫喚，將身體挪過去。

結果，歌凜同樣讓身子更加靠近鈴音身邊。她們倆就在桌子一角呈現幾乎要貼在一起的距離——應該說，上臂實際上的確有相互觸碰。

（咦？啥！）

突然其來的發展讓鈴音倒抽一口氣。

在計程車裡頭，是因為車體搖動才碰巧會有那種狀況。但這次可不一樣，這是蓄意為之。

有很多女生的肢體距離抓得很近，不曉得歌凜是不是也是那種類型的女生呢？鈴音雖然高興，但也因為驚訝而僵住身子。

「呼——令人內心平靜。」

歌凜呼出了甜美的氣息——聽在鈴音的耳裡是這樣。

「我很喜歡貼在別人身上。啊，當然不是隨便找個人都能貼喔。只限女生而已。以前也有團員說過我太黏人，覺得我煩。」

「這樣啊……」

感覺心臟是真的會壞掉。

『……以看待一個女人的角度來說，妳覺得她怎樣？』

鈴音忽然想起結衣香那句帶點戲弄意味的話語，因而慌張起來。

歌凜還在當偶像的時候，鈴音並不是真愛粉。

她喜歡的是歌凜的演出。

儘管如此，鈴音倒也不是對歌凜的面貌絲毫沒有感覺。她同樣很喜歡歌凜的臉蛋。不過那種喜歡，是與戀愛的感情不一樣的喜歡。

（鎮定點、鎮定點呀……）

鈴音祈願似的在心裡默念。「喜歡」好像要變質的感覺，讓鈴音心中產生難以言喻的焦慮，因而慌張了起來。

後來，直到最後點餐為止，無論是料理還是酒類，鈴音都食之無味。

歌凜心情很好地說個不停，鈴音只是一直回以附和。

走出店裡後，兩人各自搭上了計程車，到家以後也簡短地互傳了訊息。鈴音卸妝後泡了個澡，後來鑽入有點涼爽的床舖。

上臂的熱度並沒有冷下來，還留在那裡——而且一直都在。

6

兩週後，鈴音為了拿朗讀劇的劇本而去經紀公司一趟的時候——

「仙宮，妳來一下。」

巳甘把她叫進了會議室。

鈴音心裡有數。就時間來看，應該是要通知前陣子試鏡的結果如何。

坐到位子上以後——

「恭喜妳，中選嘍。」

巳甘便對鈴音這麼說。

「謝謝通知。」

鈴音深深低頭，低到額頭會貼到桌子上的地步。

……真是鬆了一口氣。

心中當然會覺得高興，不過比起高興，安心的感情更為強烈。或許是因為每一期落選的角色都比中選的多，她才在不知不覺間養成了這樣的心態。

雖說最近沒有那種狀況，不過試鏡全數落選的期間，恐懼的感覺其實比不甘心還要強烈。會覺得是不是以後就拿不到工作，需要離開這間經紀公司才行。

事實上，她也曾看過那樣的人。有些人後來變成沒有合約在身，轉至其他公司，也有些人就直接離開這個業界了。

鈴音沒上大學所以沒體驗過，不過這或許就像是每一季都得開始一次就業活動。她在看大學生開始就業活動的紀錄片時，總覺得能體會他們的心情，想必是因為感情面上確實有相似之處。

每當新的季節到來，就得面對那樣的事情。要是每次落選都特別在意，內心一定會殘破不堪的。

儘管如此，第一次可是另當別論。

第一次的試鏡落選的時候，鈴音有好一陣子都沒辦法振作。

也因為如此，有些經紀公司不會對聲優透露落選一事。

不過ＥＡＲＰＯ的方針是，無論結果如何都會讓當事人知道。

其他經紀公司好像不太會這樣，但ＥＡＲＰＯ的經紀人會向製作方詢問落選的原因。雖說有時對方不會透露，但大致上都會得到簡短的說明。

經紀人會以這樣的說明為基礎，和演藝人員討論對策。

「那麼……」

鈴音想說什麼，想必看表情就能明白。巳甘也「嗯」回了一聲。

歌凜的試鏡結果——

一般來說，經紀人不會輕易透露其他演藝人員的試鏡結果。

不過，鈴音和歌凜感情很好的事情在經紀公司裡頭已是無人不知，巳甘也曾交代鈴音幫忙照顧歌凜。

儘管如此，從巳甘的神情便已經能察覺到結果是怎樣了。

「鐘月落選了。」

鈴音心想「這樣啊」。確實會有這樣的情形——在這個行業做了很久的鈴音能這麼想，但不曉得歌凜會受到多麼大的打擊。

她也當了很長一段時間的偶像。雖說不至於毫無試鏡落選的經驗，但她對這次的角色好像很有自信，所以鈴音滿擔心她的。

「我覺得鐘月小姐扮演的少年很不錯呢。」

「我也這麼覺得。在音檔階段，製作方想必也是那麼認為的。可是，他們說跟其他聲優搭配起來，便會變成只有一個人特別突兀。簡單來說，就是平衡度不好吧。」

巳甘用手指敲了一下桌子。

「她有點太熟練了。要是沒有其他少年角色，鐘月說不定能中選，但考量到其他角色都是女性聲優演出的少年聲線，鐘月確實會破壞平衡度。比起動畫角色，她所表現的少年或許更適合外國影劇。我打算今後朝那方面來推銷她。」

鈴音認為那樣的方向性或許可行。

「當然，我今後還是有打算在動畫界好好地推銷鐘月，但她這次是第一次落選吧？可以的話，請妳幫忙安慰她一下。」

「我知道了。」

就算沒被吩咐，鈴音也打算這麼做。

由於她並不是公司職員，其實並沒有那麼做的義務，但如果做人那麼死板，便沒辦法在這個業界好好過活。畢竟她們是同一間公司的夥伴，業界也像是運動系社團一樣，十分重視人情與人際關係。

當然，鈴音並不是因為那些人情義理，而是只要能幫上歌凜的忙就會挺身而出。這就是身為粉絲的責務。

不過，她並不會主動去找歌凜談這些。有些時候，人就是會想去單獨面對這種事情。在這樣的前提下，要是歌凜想要依靠鈴音，想必就會主動聯絡鈴音。

鈴音決定先等到那一刻再說。

☆

『鈴音姊，今天晚上妳有空嗎？』

歌凜傳來這樣的訊息時，鈴音正好在下午錄音前吃著天婦羅烏龍麵當午餐。

由於有人說油炸食品對喉嚨很好，鈴音要振奮精神的時候都會吃這個。雖說豚骨拉麵好像對喉嚨更好，但她不太喜歡那種氣味，所以吃不下去。

『有空喔。不過可能會拖到一點時間。』

『我知道了。晚點我把店家的位置傳給妳喔。我會等妳的。』

歌凜立刻回了這樣的訊息。

鈴音回了「收到」後，又再度吸起烏龍麵。

再怎樣都知道歌凜為什麼今天會想見她。歌凜想必是從巳甘那邊聽說了結果。從這兩天都沒有打電話或者傳訊息的狀況來看，說不定那個時候就已經被通知結果了。

鈴音有好幾次想要傳訊息過去，但還是停手了。

畢竟知道別人試鏡結果怎樣，就禮貌上來說滿奇怪的，中選的人也沒什麼話可以對落選的人講。鈴音能做的，唯有等待而已。

不過，這真是太好了。

歌凜想必是終於有心思要跟別人聊那些了。能被選為傾訴的對象，鈴音備感榮幸。

忽然間，鈴音腦海裡浮現「她跟對角線團員後來怎樣了呢？」這樣的疑問。畢竟曾辦過畢業演唱會，應該不是大吵一架後分開的，但鈴音並未關注歌凜畢業後其他團員的去向。

就在吃完烏龍麵的時候，歌凜又傳來了一段訊息。她貼了今晚要去的店家的連結，鈴音點進去以後便跳出評論網站。

（休閒法餐？）

鈴音看了自己的衣服，開始擔心自己穿成這樣會不會不合適。

可是，她也沒有回家換一套衣服的時間。而且，因為她沒有去吃過法國料理，就算回家也不曉得該穿怎樣的衣服比較好。

☆

錄音時間果然有拖遲。

這次是為一月要上的電影配音。鈴音雖然知道導演的指示很多而做好了心理準備，依舊花費了超出她預料的時間。

鈴音拒絕錄音結束後的酒局，走出錄音室後便攔了計程車，前往歌凜已經先抵達的餐廳。

由於六本木是平常不會去的地方，鈴音於是交給計程車帶路。幸好這位司機是對那裡很熟的人，鈴音得以一路平順地抵達目的地。

用信用卡付完車錢，拿好收據，她下了計程車。

夜晚的六本木有許多穿西裝的人們而顯得熱鬧，其中也多少有些穿便服的外國人。這跟鈴音知曉的花街柳巷相差甚遠。

所幸計程車幾乎是停在店門口，省去了鈴音到處找路的工夫。細長的大廈一樓面對道路的門扉並沒有窗口，看不見裡面的狀況。是個需要不少勇氣才敢進去的店面。

用手機裡的資訊比對那時髦的看板，確定這就是歌凜指定的店家以後，鈴音擠出勇氣打開門扉。

「歡迎光臨。」

店員出現時，一副早就做好準備要來迎接賓客的感覺，鈴音覺得自己從頭頂到腳尖都被那名店員瞥了一眼。這是不是就是所謂的法餐男侍（Garçon）呢？令人有點怯場。

「那個……我們應該有用鐘月這個名字訂位了……」

「好的。由我為您帶位。」

店員如同精密機械一般調頭，迅速地走了出去，鈴音也緊張地跟在店員後頭。入口的窄小宛若一種戲法，店內一直往裡頭延伸。店員敲響了位在走廊盡頭的門扉。

「您等的人來了。」

「請進。」

聽見歌凜的聲音後，周遭原本冷冰冰的氣氛忽然間轉為熟悉。將門打開的店員在鈴音走進裡面後，又迅速地為她拉開椅子。坐上椅子之後，店員馬上遞來了菜單。

等待到這一刻的歌凜說道：

「這裡是餐酒館，想吃什麼就點什麼吧。今天由我請客。」

鈴音想說「這樣不好意思啦」，但還沒講出來就把話吞了回去。菜單上所寫的價格，和她心目中的外食價格差了一個位數。自己出錢的話，點一道就結束了。但就算是這樣，鈴音依舊沒辦法想點什麼就點什麼。

歌凜或許是察覺到她那樣的心緒……

「還是說，要都交給我來點呢？」

「嗯，麻煩妳了。」

鈴音闔上菜單，遞給店員。

歌凜一副很熟練的樣子，對走去她位子的店員說：「我們點這個、這個、這個，還有這個。」迅速地點完餐。

「葡萄酒要怎麼上呢？」

「我想多嘗一點，配合菜色用玻璃杯裝。」

「那就照您吩咐。」

店員將菜單夾至腋下，行了個禮便離去了。

門扉關上以後，沉默充滿了整個空間。

平時很愛講話的歌凜一語不發，看來應該是受到了相當大的衝擊。鈴音也走過這條路，所以能理解她的心情，卻找不到能對她說出口的話語。就算回頭去想自己當時是怎樣，也想不起來。

這只能靠當事人自己撐過去。畢竟再怎麼樣都是個人情緒上的問題。

結果，第一道菜就在兩人都沒說半句話的狀況下端來了。

簡單來說，那道是所謂的前菜。鈴音聽著從來沒有聽過的餐點名稱與說明，看著白酒倒進玻璃杯裡頭，聽見了宜人的聲響。

「總之，辛苦了！」

店員離開後，歌凜便舉起了玻璃杯。鈴音回應一聲「辛苦了」，歌凜就大口地飲下白酒，一口氣喝了一半左右。鈴音則是只含了一口到嘴裡——

（……好喝！）

並且感到驚訝。

老實說，鈴音之前並不喜歡葡萄酒，但她現在會覺得那是因為自己沒喝過真正好喝的葡萄酒。原本覺得不喜歡的部分幾乎都消失了，只有清爽和美味的感覺。

「吃吧吃吧！」

歌凜的話語間帶了點自暴自棄，拿起了刀叉。她以有如資深外科醫師的流順手勢，一口一口地吃光菜餚。相較之下，鈴音切菜的手法就像第一次拿到餐刀的孩子一樣笨笨拙拙。

儘管如此，無論用什麼方法去吃，這道菜都還是非常可口。盤子上的料理沒過多久就被清光。在這個時候，彷彿有人在某處監視般地，下一道菜端了過來。

麵包、葡萄酒、肉、葡萄酒、魚、葡萄酒、又是肉，葡萄酒、又是魚，又是葡萄酒。

雖說非常美味，但也十分忙碌。由於沒在聊天，用餐的步調莫名地變快。

鈴音也就默默地陪著歌凜。

這一定是她的儀式。應該是要將難以忍受的情緒，隨著酒和料理一起吞進肚子裡。她一定是因為一個人那麼做的話會很寂寞，才會希望有人能夠陪她。而陪她的人是鈴音，鈴音也是備感光榮。

能夠成為偶像的助力，就是身為粉絲最大的心願了。

兩小時後，起司拼盤端了上來，鈴音也了解到菜終於上完了。

不過，似乎還會繼續上新的葡萄酒。這次不是倒進酒杯，而是將倒進醒酒瓶的紅酒放在桌上。

歌凜拿起醒酒瓶伸向鈴音，但鈴音用手制止了她。鈴音真的沒辦法再喝了。雖說明天休假，但再喝下去的話感覺會不省人事。

「妳有聽說～我沒有中選的理由嗎～？」

歌凜有點口齒不清地這麼說，將顏色看起來滿沉重的紅酒大膽地倒進自己的空杯。

「說就只有我一個人太突兀喲～什麼鬼啊？太熟練就沒辦法採用，這很沒道理耶～！到底什麼意思啊～？」

紅酒宛如濁流一般沖進歌凜肚裡。

鈴音能理解她難以接受現況的心情。單就演出能力的好壞來看，鈴音覺得歌凜遠遠超越了其他人。

「我有問過巳甘姊，也自己思考過了……我覺得，小凜妳所表演的少年，應該是真人影劇中的少年。如果動畫裡只有一個人是真人影劇中的角色，不覺得很奇怪嗎？」

歌凜嘟起了嘴唇。

「……儘管很不甘心，不過鈴音姊舉的例子很好懂。可是即使如此，我依舊沒辦法接受。」

「這樣也沒關係吧？無論對方說了什麼原因，都不可能接受自己落選的事實呀。」

「鈴音姊也是這樣……？」

「這當然。我做這份工作，落選的時候比中選還要多很多，每次都會覺得為什麼中選的人不是我。不過嘛，看了實際播映的影片後，大概都能接受就是了。」

「是這樣子嗎……」

歌凜一副「就算這樣，我果然還是無法釋懷」的樣子，趴到了桌子上。

「可惡啊……」

歌凜像是硬要把話擠出來般地這麼說，手裡還拿著酒杯，就這樣閉上了眼睛。鈴音想說歌凜是在深思些什麼，於是等了一陣子，結果她還是維持趴在桌上的姿勢。

（……睡著了？）

後來鈴音彎下腰來窺視——

（睡著了啊……）

便發覺歌凜皺起了眉頭，也正發出睡夢中的呼吸聲。

鈴音是第一次看見有女孩子帶著這麼不甘心的表情入睡。而歌凜這樣的表情也是超級無敵可愛，只能說真不愧是鈴音的偶像。

儘管如此，依然不能就這樣放著歌凜不管。

鈴音請店員過來想要先結帳的時候，發現早就已經結好帳了。她收下應該是歌凜先寄放在店員那裡的信用卡，並請店員叫了計程車。

「小凜，起床嘍。有叫計程車了。」

搖了搖歌凜的肩膀後，她就「唔嗯」低吟而挺起上半身，不過眼皮還是閉著。鈴音隨手拿起歌凜的包包和上衣，邊攙扶歌凜的腰身邊站起來，然後走出包廂。

「謝謝惠顧。」

她聽見店員的聲音從身後傳來，並將歌凜推進等在外頭的計程車後座。

「小凜，妳家在哪？跟司機說一下吧？」

鈴音搖著歌凜的肩膀催促她，但她只是說出一些不明確的回應。困擾的是，鈴音也不曉得歌凜到底住在哪裡。

「這下可困擾了。」

司機搔起額頭，用目光詢問鈴音該怎麼做。

但就算被這麼問，鈴音也不曉得如何是好。

不過，仔細一想便覺得，在這種狀態下歌凜就算順利到家，感覺也不像是有辦法好好地下車。

況且她又喝了那麼多酒，路上搞不好會覺得不舒服。就算好不容易下了計程車，她說不定還是會坐在路邊，然後直接睡著。

那樣的話實在太危險。

（……沒辦法。）

鈴音將歌凜推到更裡面，自己也坐上了計程車。

「請載我們到——」

然後，她說出了自己住的公寓地址。

☆

付完車錢後摟著歌凜下計程車的鈴音，拖行似的進入了公寓。要是歌凜完全睡著，鈴音就真的搬不動，但她儘管喝得不省人事還是多少能夠行走，讓鈴音能順利把她帶回家。

電梯沒有在定期檢查真是太好了。一個月約有兩天會無法使用。走樓梯帶她回家的話真的會很辛苦。

抵達房門前之際，鈴音從包包裡拿出手機刷了智慧鑰匙。這雖然方便，但既然開鎖這麼容易，有時也會忽然覺得很可怕。

將門打開，讓歌凜坐在玄關架高的地面後，鈴音確實地上好鎖。歌凜以前可是知名偶像，多小心一點總是比較保險。

儘管如此，鈴音還是不能直接把她帶去房間。

附廚房且有小閣樓的套房裡頭，有許多歌凜的周邊。得把那些物品迅速且小心翼翼地收進閣樓裡頭才行。

為了不讓歌凜倒在地上，鈴音便讓她靠上牆邊，然後進去房間裡把門關起來。

要急忙處理偶像的那些寶貝周邊。

將海報卸下來後捲起，將ＣＤ和演唱會周邊塞進不知不覺就愈積愈多的提袋裡，放上閣樓。書籍和寫真集則轉一百八十度遮住書脊，然後再蓋上毛巾。裱框的簽名板和放進相框的拍立得相片也都一起收進閣樓。

花了約二十分鐘，總算都整理乾淨了。最後收尾則是將爬上閣樓的梯子拆掉。這樣就沒問題了。

急忙回到玄關以後，鈴音發覺歌凜保持著跟剛才一模一樣的睡姿。

「小凜，起床嘍。不管怎樣都要先卸個妝。」

「卸妝……」

聽到卸妝這樣的字眼，歌凜便半睜開眼睛。鈴音扶著她不穩定的身子讓她站起身來，帶她去浴室的洗臉台。

在鈴音拿出卸妝水之後，歌凜儘管半睡半醒，還是很熟練地卸起妝來，於是鈴音前去將洗過並折疊好的睡衣拿了過來。

「換上這套衣服吧？能不能自己換？」

「嗯……」

相信歌凜那感覺不太可靠的回應後，鈴音走出了浴室，將僅有一張的床整理好。

她其實有猶豫到底該不該幫歌凜換衣服。

雖說同樣都是女生，但鈴音對自己是女同志有著自覺。

也就是說，她懷有對於同性的性慾。

會想看。會想要觸碰。

她有那樣的慾望。

當然，她並不是隨便跟誰都能上床。但現在在洗臉台那邊的可是偶像，是她原本就非常喜歡的對象。

倘若是百合人設，鈴音能因為那是工作需求而放下那份愧疚。可是在私生活領域，如果因為對方不知道自己是女同志就藉機去做些百合般的行為，就算那種行為是女生朋友之間很常見的，鈴音還是會有一種好像欺騙了對方一樣的心情。

對於這種狀況，結衣香應該會覺得鈴音想得太多，不過只要是女生，任誰都知道自己被性愛方面的眼光看待會有多麼難受，鈴音不禁反思起自己是不是也在用有色眼光看待其他女生。

回到洗臉台時，歌凜已經換好了衣服，讓頭靠在牆上睡著了。

身上原本穿的連身衣褲和針織毛衣就掉在地板上。

而且胸罩也大剌剌地擱在衣物上頭，讓鈴音心跳加速。鈴音拿起那有著可愛蕾絲花邊的白色胸罩，發覺還殘留著歌凜的體溫。鈴音盡力讓自己不去意識到愈來愈快的心跳，將它放到折疊好的衣物上頭。

「好了，站起來吧。」

鈴音做出要扶人起來的手勢，歌凜就「嗯嗯」了一聲，心不甘情不願地站起身來。歌凜邊踩著不穩的腳步邊被帶到房間，鈴音讓她躺到了床上。當歌凜一個翻身仰躺在床舖上的時候，沒有支撐的胸部大幅度地搖晃，使得鈴音急忙別開目光。

這讓鈴音有種不該待在這個地方的感覺，於是帶著換洗衣物逃進浴室裡頭。

因為要沖澡，她脫下衣服放進洗衣籃。

『……以看待一個女人的角度來說，妳覺得她怎樣？』

結衣香的話語硬是重返腦海，鈴音像要甩開那些話般地進入浴室，沖起澡來。她也有好好地搓揉臉蛋卸妝。

要是能跟她交往會如何？──太蠢了。與偶像建立起那樣的關係可是粉絲最夢寐以求的結果，但有那種機會的機率可是低過與石油王結為連理。

而且……其實根本就扯不上交往那類的事情，因為鈴音並未對歌凜懷著戀愛情感。

雖說會覺得跟她很要好，一有什麼事情就會先想到她，但這跟她還是偶像的時候其實沒什麼兩樣。不同的地方頂多就是「這個餐點她應該會喜歡」、「她會不會看這部漫畫呢」之類，私生活方面的部分增加了而已。

（戀愛……應該是怎樣的呢……）

鈴音沒能想起那種感覺。

這幾年一路走來都是全心全意陶醉於追星，她在私生活當中並沒有心動過。儘管受到結衣香引誘的時候是有心跳加速，但那沒有演變成戀愛。

（作為朋友的喜歡，跟戀愛的差別是什麼啊……）

性慾？

實際上或許就是這樣，但這總讓人覺得不太舒服。儘管心裡知道戀愛和性愛脫離不了關係，依舊會覺得那令人不太愉快。

鈴音對自己亂成一團的內心嘆了口氣。

雖說她每一期都會全心投入配音角色去談戀愛，但角度一轉到自己身上，她就摸不著頭緒了。明明自己有辦法深入理解角色的內心。

鈴音走出浴室擦乾身體，還沒穿衣服就直接拿起吹風機，打開開關，讓耳朵專注於風扇吹起熱風的聲音，把多餘的思緒吹走。

這種時候，依照平時的生活步調行事，讓內心放空比較好。

她仔細地吹乾頭髮、保養肌膚、刷好牙齒。穿上睡眠內衣、套上運動衫。考量到明天早上的狀況，鈴音曾想過穿件可愛的睡衣，但那樣就好像特別顧慮到歌凜在場一樣，使得鈴音打消了念頭。

在廚房喝了水之後回到房間，她便發覺歌凜已經面向牆壁睡著了。

鈴音關掉電燈，溜進歌凜背後的位置。就算沒有點起小夜燈，從窗簾灑進來的月光仍然將房裡照得藍藍亮亮的。

鈴音有想過睡在地上，然而睡在地板上頭的話對身體的負擔很大。可不能得了感冒讓自己沒辦法去工作。不管怎樣都該以工作為優先。

（好嬌小的背影……）

凝視那身上穿著自己睡衣的偶像，她等待著睡魔的到來。

表演的時候明明散發著不容小覷的存在感，可是像這樣待在自己眼前的鐘月歌凜，看起來多少顯得有點脆弱。

話說回來，除了家人以外，這可是她第一次讓別人來到這個房間。更何況，就連母親都沒有和自己睡在同一張床上。

「嗯──」

歌凜小小聲低吟了一下，一個翻身轉了過來。

由於發生得實在太快，鈴音整個人僵住，沒辦法閃躲。

雖說歌凜沒有抱上來，但她的臉就在鈴音眼前。鈴音已經很久沒有跟別人面對面處於這種鼻子快要抵到額頭的距離了。

雖說心跳的頻率一口氣快了起來，但一發覺歌凜皺起眉頭，表情看來多少有點痛苦的時候，鈴音的內心便平靜了下來。

（我懂喔……）

鈴音參加試鏡第一次落選的那一晚，完全沒辦法入眠。當時她很不甘心，不知道該怎麼做才好，也沒辦法找人傾訴這種事情，除了痛苦還是只有痛苦。

而且她那時還沒成年，也沒辦法像今晚這樣借酒澆愁。

歌凜沒有哭出來，真的是很了不起。

「沒事的……」

鈴音將她位在上方的那隻手繞到歌凜背後。扭動身子讓身體靠過去，像在安撫對方似的輕輕一拍。

讓臉靠近對方的頭髮，便聞到了經過一段時間後淡化的洗髮精香味。由於歌凜並沒有沖澡，其中還摻雜了喝過酒之後的獨特汗味。

鈴音一點也不覺得討厭。

她能體會到現在在這裡的鐘月歌凜並不是神佛般的偶像，確實有著肉體。

「沒事、沒事的……」

鈴音溫柔地輕輕拍著，一直輕輕拍著歌凜的後背。在被歌凜的體溫與氣味包覆起來，不知不覺間也入眠的那一刻之前，鈴音一直都溫柔地這麼做。

☆

晨間的陽光從窗簾縫隙照進來，其明亮與暖意讓鈴音睜開了沉重的眼皮。

她還沒有很清醒，意識朦朧。

早上本來就很難起床了，今天更是嚴重。因為昨天晚上實在喝太多了。雖說自己覺得喝的時候有所保留，但應該是受到歌凜影響就喝多了吧。

挺起身子後，她便發覺歌凜已經在身旁醒了過來。

「早——」

鈴音的招呼打到一半，整個人便僵住了。

（怎麼回事！）

意識一下子清醒過來。

因為歌凜正盤腿坐著，望向膝蓋上放著的，鈴音所買的寫真集。

鈴音記得她有好好藏起來——看向書櫃後，便發覺還是整理過的樣子。沒有遮蓋物被掀開過的跡象，有好好地壓住，不至於被掀開。

既然如此，那又是從哪裡冒出來的？是她自己平時帶著走的嗎？

「……這本……是我的寫真集吧？」

歌凜問了根本沒有必要再三確認的問題。鈴音差點就要說她明知故問，卻還是把這樣的話吞下肚裡。她會這麼問，便代表這不可能是她平時就帶著行動的書本。那麼，究竟是從哪裡冒出來的？

（——啊！）

答案「啪！」的一下自腦海一閃而過。

那是鈴音購買的寫真集。

她手上的鐘月歌凜寫真集有三本。

「有親簽的寶貝本子」、「保存用」，以及「鑑賞用」。

寶貝本子有慎重地包裝並收起來。書櫃裡的那本是平時不會拿來看，但光是放在那裡就會令人安心且感到幸福，連收縮膜也沒拆的一本。而最後一本，則是隨時隨地都能輕易拿來鑑賞的那一本——絕大多數的時候都是放在床上。

歌凜在看的就是那一本。

一定是她太匆忙，忘了把那本也藏起來。八成是隨便找了個不容易看見的地方，像是被子底下或者枕頭底下，直接把它塞進去了。

歌凜的視線離開寫真集，抬起臉來看向鈴音。

「……鈴音姊，妳以前是我的粉絲嗎？」

彷彿身體從內側被用力毆打了一般，心臟猛烈地跳了一下。

由於內心動搖，鈴音頭暈了起來。房間裡頭有夠熱。

她讓腦袋全力運轉，拚命地思考藉口。浮現於腦海的盡是沒什麼補救效果的話語，胡扯到令人想哭出來。

可是，也沒辦法了。事到如今實在不能承認自己就是粉絲。現在能做的，就只有用謊言去蓋過謊言。

「不、不是那樣的，我是聽說小凜妳要進我們公司，好奇妳是怎樣的一個人，結果去了附近的書店，發覺還有在賣那本。」

「可是這個──」

歌凜看了寫真集的版權頁。

「──這是初版吧？這本寫真集，初版只有印兩千本而已，是在發售日決定增印的喔。由我自己來講也很那個就是了啦。」

這點鈴音曉得。

那本是預訂後買到的，況且有親簽的那本是二刷。當時就是因為初版立刻售罄，才會有簽名會的企畫作為回饋。鈴音當然有親自去參加。

「那、那間書店是以賣文具為主的小店家！所以應該是碰巧！應該是碰巧還有存貨而已喔。原來如此啊，沒想到那本那麼地珍貴呢──」

這演技生硬得不會令人覺得鈴音是聲優。她的內心動搖過度，實在沒辦法表演出該有的情緒。

歌凜「哦～」了一聲闔上了寫真集。

順帶一提，那並不是對角線的寫真集，而是鐘月歌凜的首本個人寫真集。裡面有著她第一次，八成也是最後一次的比基尼泳裝照。每一張照片都如名畫一般美麗，可以永遠地欣賞下去。

這樣子不行，悸動一點也沒有緩和下來。

不知道歌凜有沒有接受這種說法？不對，自己也不覺得破綻那麼大的藉口撐得過去。可是已經想不到其他的說法了。

「……什麼嘛。」

歌凜一下子闔上了寫真集，略微噘起嘴巴。

「鈴音姊如果是我的粉絲，我會很高興耶。真遺憾。」

（我是妳的粉絲～！）

鈴音在心中如此吶喊。

她有一瞬間覺得現在或許可以照實托出。可是，萬一那只是場面話——

『咦，妳還真的是我粉絲喔……？』

結果讓歌凜做出這種退避三舍的反應，鈴音可就再也無法振作起來了。

若只是一本寫真集那倒還好，但鈴音可是每天晚上都會望著房間裡貼的海報，甚至會循環播放演唱會影片的重度阿宅，況且還擁有大量的歌凜周邊，她真的不太願意想像眼前這位後輩會怎麼看待這樣子的前輩。

「那個……要不要……去沖個澡？」

從歌凜手上接下寫真集的同時，鈴音對她這麼建議：

「畢竟妳昨天就直接睡著了。衣服我有褶好疊在更衣間那邊。」

「謝謝妳。那我就恭敬不如從命了。」

歌凜手放到床單上低下了頭，微微彈跳似的下了床以後，便走向鈴音所指示的門。到了走廊上便會立即看見浴室，對面則有著廚房。

鈴音收好寫真集之後，沒換下運動衫就直接走去廚房。打赤腳的腳底略黏地貼在地板上，感覺有點冰涼。需要穿發熱襪的季節很快就要到了，得把之前收起來的加濕器和煤油暖氣機拿出來。

鈴音心想要先做個早餐，於是看了冰箱。裡面有吐司麵包，還有培根和起司，以及想做成沙拉來吃，已經切絲的洋蔥。

（來做熱壓三明治吧。）

做起來輕鬆也很有飽足感，所以鈴音常做。

她從櫃子裡拿出插電的熱壓三明治機。雖說那是因為薄荷色很可愛而不禁買下的東西，但實用性同樣很高。

實際用來烹飪也很輕鬆。把麵包放到烤盤上，排好配料後便以番茄醬、鹽巴、胡椒等調味，然後再蓋上一片麵包。將這些半成品夾到熱壓三明治機裡頭，按下開關以後就會自動烘烤了。

「哇，是熱壓三明治耶。」

不知何時沖好澡的歌凜靜悄悄地貼到鈴音背上，隔著肩頭窺視過來。

（唔……）

偶像胸部的柔軟，使得鈴音暈了一下。

這樣真的是令人心癢。

鈴音想辦法壓抑心中遐想，打算將咖啡豆放進全自動咖啡機的時候，手停了下來。

「小凜，妳能喝咖啡嗎？」

「可以。」

由於歌凜的下巴擱在肩上，讓鈴音的耳朵癢癢的。鈴音原本就覺得歌凜的嗓音很好聽，在經過一番磨練以後，她現在的嗓音更有渲染力了。

而且她身上還傳來了甜美的香味。

歌凜用的是鈴音家的沐浴乳，應該會有一樣的氣味才對，她身上的香味卻有點不太一樣。不知道是不是混合了歌凜本身的氣味呢？

不知不覺間，歌凜的手繞過鈴音的腰際，變成了好像從後面抱過來的姿勢。

她真的把肢體距離抓得很近。

對方這樣撒嬌讓鈴音很高興，可是太高興就會讓內心按捺不住。儘管如此，鈴音依舊不可能把她撇開。根本不可能做出那種事情。

結果她們倆就這樣一直緊緊相繫，直到鈴音準備完早餐。

歌凜終於放手，是在咖啡倒進杯子裡，盤子上放有分切過的熱壓三明治，得去端到桌子上的時候。

兩人各自把自己的份端到床邊的矮桌上。

「我開動了。」

這麼說之後，她們吃起了早餐。

由於房裡只有吃東西的聲音實在太過寂寥，她們於是開了電台來聽。聽動畫相關的廣播節目會令人分心，所以轉了ＦＭ電台。但鈴音其實想播放對角線的歌曲來聽。

「嗯～好吃……」

聽見歌凜滿足似的低語，鈴音鬆了一口氣。這看起來不像是在說場面話，她真的吃得津津有味。

「有沒有宿醉之類的？」

「唔嗯……」

歌凜用手指戳了戳太陽穴。

「好像沒事。哎呀～好久沒喝那麼多了。」

「那樣子喝酒很危險的喔。」

「我平常不會那樣啦～只有在我能依靠的人面前才會喝成那樣，比如說團員面前。」

鈴音感到亢奮。

歌凜那番話，是不是代表她把鈴音擺在跟團員同樣的地位呢？若是如此，會讓人高興到像在作夢一般。

「可是，這樣沒問題嗎？昨天晚上都沒有跟任何人聯絡，家裡的人不會擔心嗎？」

「啊，我不是住在老家。」

「這樣啊？」

鈴音印象中，歌凜是神奈川出身的。

「我現在在板橋跟姊姊住在一起。姊姊這星期都在出差，我實質上變成一個人住，所以想外宿就外宿也ＯＫ。」

歌凜用手指比出ＯＫ手勢。

「鈴音姊也是一個人住呢。」

歌凜環視周邊皆已消失，變得冷清的房間。

「妳的老家是在埼玉吧？」

「嗯，在秩父。妳還真清楚呢。經紀公司的網站都沒有寫到耶。」

「是這樣嗎？」

不過鈴音倒也沒有特別保密。歌凜八成是趁著跟巳甘交談之類的時機得知了這樣的資訊，然後記了起來。

「是說，這裡的房租滿貴的吧？畢竟能隔音。」

「嗯。不過很方便喔。無論去哪間錄音室都很近，也能全心全意放聲練習。」

「哦……那我要不要也搬過來呢～」

歌凜敲了敲地板。

意思是，要跟我一起住嗎！——這樣的妄想差點就要失控，不過鈴音還是用力壓抑住了。

「我現在住的是一般公寓，的確沒辦法認真演練。之前試過一次，結果就有人投訴到管理公司了。」

「啊……」

鈴音很能理解。

聲優的音量很不得了。不只是單純大聲而已，還能輕易穿透一般的牆壁。

「那麼想要認真演練的時候，就去ＫＴＶ？」

歌凜點了點頭。

最近的ＫＴＶ不只能唱歌，還可以當成派對用的房間、用來練習樂器，或是給想要一個人安靜讀書的人使用，有著因應不同需求的方案，十分方便。

「目前這樣是還好，可是當上配音班底以後一忙起來，開支也會跟著變多。」

（她有以當上配音班底為前提啊。）

毫不屈折的自信讓鈴音訝異且深感佩服。

明明第一次的試鏡才剛失敗，她的內心可真是強韌。

不過，就算在配音業界是個新人，她也已經當過好幾年的偶像，或許會這樣也是理所當然的。

聲優基本上都是幕後人員。

雖說現在出來露面的工作變多了，可是時常站在舞台上拋頭露面的偶像，或許就是要有這麼強韌的心緒才做得來吧。

「——話說回來，鈴音姊有男朋友之類的嗎？」

吃完熱壓三明治，喝起加了糖和鮮奶的咖啡之際，歌凜突如其來地問了這樣的事情。

鈴音差一點就要嗆到，把咖啡給吐出來了。

「怎、怎麼突然……」

「單純想聊戀愛話題罷了。我進公司的時候，巳甘小姐沒有要我特別注意這部分，所以我滿好奇聲優的戀愛情形是怎樣的。」

「偶像在戀愛方面果然不太一樣嗎？」

「雖然沒有明文規定，但曾先給我們打了個預防針。畢竟偶像真的是有一種『不是任何一個人的所有物』這樣的大前提在。」

「原來如此啊。」

巳甘並未對鈴音嘮叨過私生活方面的事情。該守的規矩只有守法之類的，身為社會人士理所當然要遵守的範圍。

當然還是有些細微的個別規定，不過那也只跟工作有關，不至於牽涉到私生活本身——只要私生活不會影響到工作就好。

「所以說，到底有沒有呢？」

（還真是打破砂鍋問到底耶……）

鈴音露出苦笑。本來是想要敷衍過去的，但歌凜看來不打算收手。

「沒有喔。」

鈴音光是工作跟追星，生活就已經很充實了。她也沒有遇過心裡覺得「就是她了！」的對象。

「但我不曉得其他人的戀愛狀況怎樣就是了。」

雖然是知道某人的戀愛狀況，但鈴音覺得不該隨便開口就聊起那種事。

「哼嗯……」

歌凜似乎覺得有點無趣，嘟起了嘴唇。

「小凜都這麼問了，那妳自己有沒有啊？」

「我沒有喔——因為根本沒有談戀愛的美國時間。私生活的一切，無論是時間還是金錢，全都投進成為聲優的課程了。」

「這樣啊。」

鈴音能接受歌凜這番說辭，覺得都是事實。

聲優可是技術職。演技良好是大前提，實際上還需要更多要素。要模仿後製錄音的話任誰都做得到，可是發聲的方式、改變嗓音的方式、傳遞聲音的方式等，各種要素都有各自獨有的訣竅，不曉得該怎麼做的話就做不出來，要學好這些訣竅也不容易。

雖說這次的試鏡落選了，但想必已讓其他人知道歌凜有好好地學到配音技術。

這點應該有讓相關人士留下深刻印象，一定會在近期開花結果的吧。

「鈴音姊今天要怎麼過呢？」

「要確認劇本……還有，如果能預約到，我想說要去推拿一下。」

「意思是妳還沒有預約吧？」

「嗯。畢竟錄音行程是昨天下午才取消的。」

「那我們出去玩吧。畢竟我現在依舊懷著『今天還是想要好好玩一玩』的心情。妳可以陪我嗎？」

「……可以啊。」

鈴音稍微思考了一下，隨即給予肯定的答覆。劇本可以等到晚上再確認。比起那種小事，能跟偶像出去玩，可是以前想都沒想過的事。

更何況，如果這能幫上歌凜的忙，鈴音就沒有任何理由拒絕了。

「可是，要去哪裡呢？」

「總之先去大買特買。然後呢，我有一間滿中意的咖啡廳，要不要一起去那裡吃個好吃的甜點呢？」

「好喔。」

如果這樣能讓歌凜心情變好，鈴音對於奉獻自己的時間不會有任何一絲的猶豫。

☆

吃了早餐，確認工作與做好各種聯絡後，鈴音就出門前往歌凜說想去的表參道。

那是鈴音不太會去的地方，但歌凜好像滿熟悉的。

儘管是平日白天的時間，仍有許多人來來往往，感覺很時髦的成年女性占多數。雖說再走一段路就會到原宿，但這裡的氛圍又和原宿大相逕庭。

她們到了一間入口站著一位體格不錯的帥哥，販售高級名牌的店家之後，歌凜便絲毫不猶豫地走了進去，拿了一堆進入她視野裡的東西。

鈴音只是戰戰兢兢地跟在她後面，望著那樣的她。連是否要觸碰商品都會十分猶豫。

雖說有覺得很好看的衣服，但真的無法買下手。

並不是不想買，然而沒有可以穿的場合。

價格到了這種地步，再怎樣也沒辦法當成經費去花。

聲優基本上都是自己準備衣裝。不過近年活動變多，服裝上的開銷也增加了。

聲優工作上有時也需要在他人面前拋頭露面這點已經變成一種常識，所以除了服裝費用外，化妝品、美容保養、推拿等費用現在會比較容易列為經費。不過儘管說是經費，也是聲優自己所賺到的錢，並不是經紀公司會幫忙支付。只是之後多少能把一部分的費用賺回來而已，所以得好好地安排規劃才行。

既然如此，對於鈴音而言，這裡就是只能用眼睛看的店家。

歌凜肩上掛了三個大提袋，從店裡頭走出了來。鈴音問她：「要不要幫忙提一袋？」她很過意不去地說了：「真是不好意思。」並且將最小的袋子遞給鈴音。

鈴音覺得對方似乎很信任她，心裡開心不已。畢竟這袋雖然小，放在裡頭的可是歌凜買的物品中最貴的一款。

不曉得是不是自己多心，鈴音覺得周遭的目光好像都看向了她。不是看鈴音自己，而是看向那提袋。

而且，大家一定也都注視著歌凜。就算乍看之下不會發覺她就是鐘月歌凜，但她那種氣場可是藏不住的。

攔下了計程車後，兩人便移動至淺草。

雖說和歌凜那種閃亮閃亮的女孩子形象不太搭，但淺草寺的後方好像有一間不太顯眼的店。

她們在沒什麼人經過的小路下了計程車，在小巷弄裡前進，找到了那間店。

若以協調性來看，那間店相較於周遭的建築物顯得有點突兀。二樓窗戶的柵欄好像籠子一樣，很有設計感。

這裡沒有招牌之類的，不曉得的人想必根本不會覺得這是一間店家。

「你好——」

歌凜擺出常客的態度，一點也不畏縮地打開了門。

「歡迎光臨。」

嗓音很低的纖瘦服務生踩響鞋跟而走了過來，以自然的動作接下歌凜的行李。

那名服務生也向鈴音伸出手，使得鈴音有一瞬間開始思考對方想做什麼，隨即發覺是想拿她手上的提袋，於是急忙遞給了他。

「坐平常的位子就好了嗎？」

「嗯。」

歌凜輕鬆自在地回應，讓鈴音覺得她那樣真有藝人派頭。這並非負面的想法，而是覺得她很了不起。真不愧是自己崇拜的偶像。

服務生將鈴音她們帶往二樓的包廂。那包廂宛如異世界轉生作品的貴族房間，裡面的日用品都很了不起，感覺每一項物品都用了真的黃金，上了金邊。

兩人在窗邊唯一的桌位面對面坐了下來。水是用葡萄酒杯端上來的，喝了一口便發覺有薄荷香氣。而且水本身是常溫，令人高興。

「這是我們的菜單。」

將遞來的菜單本翻開後，便發覺裡面沒有照片，只寫了好幾種鬆餅的名稱。鈴音能猜到上面一些不熟悉的單字有可能是水果，或者應該是堅果類的名稱，還有一些文字應該是說明醬料的內容，但她絲毫沒辦法從中想像出口味。

「我就點平常吃的。」

歌凜只說了這句話便完事，使得鈴音著急起來，覺得自己該趕快點餐。可是她沒辦法決定要點什麼。因為不曉得菜單上的內容，就不知道該怎麼決定。然而即使如此，要請服務生一個個說明也很過意不去。

「每月的推薦餐點滿不錯的喔？」

「那我就點那個！」

鈴音直接順著歌凜的援助來進行。不曉得是不是因為鈴音反應太大，歌凜稍微睜大了眼睛，輕笑一聲。

真難為情。

服務生的神情倒是一點也沒變化，著實相當敬業。

「飲品也是同一種就好嗎？」

發覺服務生是在問自己，鈴音急忙回答：「對。」

「啊～真是開心！」

服務生離開，包廂裡變成兩人獨處後，歌凜顯得有點懶散地放鬆了身子。

「妳買了很多呢。」

鈴音終於能說出直率的感想。

「我很久沒這樣嘍。畢竟我一直都在省錢嘛。帳戶裡剩下的錢啊，我一口氣全花下去了。」

「咦咦？」

「啊，生活費當然是在其他帳戶裡頭喔。我刷的是娛樂費用的那張卡。」

儘管如此，鈴音還是很驚訝。如果是鈴音花錢花成那樣，在拿到那種額度的明細後就會懊悔不已，絕對會詛咒當時買東西的自己。

「是不是很傻眼？」

歌凜手肘撐在桌子上，露出惡作劇般的笑容。

「沒、沒有啊？」

「騙人，妳明明就有夠傻眼的。不過啊，我就是想去一次那間店看看呢。」

「咦？妳不是常客嗎？」

「怎麼可能！我第一次去喔。」

歌凜膽子居然這麼大，使得鈴音睜大了眼睛。那種光明磊落的態度，無論怎麼看都像是熟門熟路，沒想到居然會是第一次去。

「我還想說藝人真的是很了不起……」

歌凜開懷大笑。

「什麼啦？鈴音姊也是藝人啊。」

「嗯，這麼說是沒錯……」

可是無論如何，鈴音都沒辦法認為偶像跟自己屬於同一個範疇。

「那這裡呢？其實也是第一次來之類的？」

「啊，這裡我倒是常來。以前三不五時就會跟團員一起來。鈴音姊這次應該是我第一次跟團員以外的人一起來喔。」

帶我來是第一次——這番話對歌凜來說應該不算什麼，不過對鈴音而言，可是十分令人高興的話語。

看起來很有魄力的鬆餅終於端了上來，放到桌子上。

直徑在十公分上下，厚度至少有三公分的鬆餅疊了三層。上面有著大量的奶油，以及許多顏色繽紛的甜品。除此之外還有紅豆餡。想必是因為這裡是淺草才有這樣的料理方式。

「這間店，原本是和式點心專賣店喔。」

「啊，所以才會有紅豆餡……」

服務生面露微笑。

「我們店裡的紅豆餡不會太甜，很適合配水果。」

他這麼說完之後便離去了。

鈴音戰戰兢兢地搭配著吃，隨即理解到水果的酸味和紅豆餡的甜味十分搭配。

仔細一想，是也有水果大福這種甜點。

附在一旁的糖漿帶著樹木的香氣，甜度也比較清淡。鈴音大量地淋上糖漿，將鬆餅切了一大塊，把各種配料都放上去以後再吃。

（嗯，好吃。）

將搭配鬆餅一起吃的水果做更換，便能嘗到各種不同的滋味。

與佛手柑香氣強烈的伯爵茶也很搭。

兩人一邊吃，一邊聊了各種話題。

歌凜聊起偶像時期的事，鈴音聊起聲優的工作。雙方都得以理解自己所不曉得的世界，非常地開心。

關於喜歡的動畫，她們也聊了許多。

歌凜是真的很喜歡動畫，也十分了解鈴音沒看過的各種作品。

這裡所說的「十分了解」指的並非故事內容，而是製作公司、聲優那類幕後的部分。鈴音是在進入業界以後，才開始會在意製作公司的。

雖說她想知道歌凜有沒有看過她參與演出的作品——

『妳有看嗎？』

但要確認這種事情實在很令人害臊，所以問不出口。

儘管如此，能夠獨占偶像一舉手一投足的這段時間還是非常地奢侈。這次是為了讓歌凜散散心才出門的，卻讓鈴音有了一種自己得到獎賞的感覺。

歌凜吃著鬆餅的模樣也很尊貴。

這段時間要是能永遠持續下去就好了——就在鈴音心神陶醉地這麼想的時候……

「呀呵——！」

開朗無比又滿溢精神的嗓音傳來，門扉也大聲地打開，鈴音嚇得差點要跳起來。

「呃……」

桌子的另一側，歌凜的嘴唇溜出了這樣的聲音。

站在包廂入口的是身穿斜向分色的褶邊罩衫，搭配七層七色的彩虹蛋糕長裙，再加上白色褲襪和高跟綁帶靴，並且戴上心形眼罩的長髮女孩。

「找到啦找到啦。」

嘻嘻笑而進入包廂的那個女生，鈴音她也認識。

霞琹——對角線的團員之一。

「怎麼知道我在這……」

對於狐疑似的皺起眉頭的歌凜——

「要是不想讓人知道妳在哪裡，就不要隨便把照片貼到社群平台上啦。」

宛如鴿子叫一般，霞栞笑出聲來。

「啊，妳好妳好。」

她轉向鈴音後，就一副嬉鬧的模樣向鈴音敬禮。

「我是對角線的霞栞。謝謝妳一直照顧歌凜～」

「不、不會……我是隸屬EARPO的仙宮鈴音！」

鈴音反射性地以業界交流的方式打了招呼。

畢竟！對方可是霞栞！對角線的第二把手！目前實質上的C位！就像她現在這樣，有點獨特的時尚搭配很受女生歡迎。她原本便是青少年雜誌的模特兒，歌唱實力出類拔萃，有時會拉長她所唱的高音，令人不禁冒起雞皮疙瘩。雖說以綜合實力來說是歌凜較強，但霞栞站C位的名曲也不少。鈴音只崇拜著歌凜這一個偶像，但她同樣很喜歡對角線本身，所以也算是崇拜著整個團體。霞栞就在眼前，她真的是沒辦法冷靜下來。亢奮與思考無法止歇。說起來，霞栞今天這種穿搭到底是怎樣！心形眼罩可愛到犯規耶！是新歌嗎？這是新歌的服裝？歌凜大人畢業後就沒有新歌跟演唱會的公告了，但這代表可以期待嗎？我會期待的喔！

「……喂——大姊姊——？」

（——啊！不知不覺就變成了宅翻天的思維。這可不行。）

鈴音閉緊原本半張的嘴巴，把差點流下來的口水給吞進去。

結果霞栞低喃了幾聲，同時像在觀察似的以視線打量鈴音。彷彿被人評頭品足一般，讓鈴音有點坐立難安。

「……喂，妳到底是來幹嘛的？」

歌凜現在明顯地不高興，瞪起了栞。

不需要隱藏自己心緒，直接做自己的態度能讓人感受到她們感情很好。

在對角線當中，她們倆是特別常來往的團員。在日常生活照（準確來說是被這麼稱呼的擺拍照片）當中，她們兩人也都是一起做些什麼，或者黏在一起。

雖說不曉得是設定還是真實情況，但據說霞栞是住過國外的女孩子，所以常有擁抱他人的舉動。看在鈴音眼裡，用臉頰貼上對方、用手臂摟住對方這一類有百合味的相片就是十分尊貴的獎賞了。

「哎呀，我只是來參拜，結果發覺妳在這裡，想說要讓妳請我吃點東西——結果妳根本在約會嘛。」

約會！

儘管鈴音覺得今天這樣是有點像約會沒錯，但依舊刻意不去這麼想。不過霞栞這樣直截

了當地說出來，讓鈴音更加興奮了。至於歌凜則一如預料地——

「不是妳說的那樣。」

說了這句話加以否定。而就在鈴音心想「說得也是啦」而平復起心情的時候——

「妳害羞個什麼勁？」

霞琹手扠腰，用鼻子哼了兩聲並且看向歌凜。

「有聽說了嗎？這傢伙啊，是很憧憬大姊姊妳才要當聲優的喔。」

（啥？）

鈴音懷疑起自己的耳朵。沒辦法立即理解對方說了什麼。這種事情——鈴音當然是第一次聽說。

（什什什麼意思？咦？歌凜本來就知道我的事情？）

「別說了！」

歌凜用力踏地似的從位子上站起來。她的臉紅通通的，就連昨天晚上喝到走不穩的時候，都沒有紅成這樣。

「什麼？原來還沒講啊？妳喔，明明就很有行動力，卻會在奇怪的地方有所保留耶。」

「我有我自己的步調！」

「——大姊姊，我跟妳說喔？」

「喂——！」

她們倆你來我往的情形好像在講相聲，使得鈴音驚訝得不知如何是好，也沒辦法插上嘴。這種氣氛是兩人相處了好一段時光才會營造出來的。

霞琹哼出鼻息，看向歌凜。

「我說啊。以妳的個性，一定是覺得該等個好時機再講，結果就一直都沒說吧？這我理解。但如果妳想要拉近關係，就要確實去做呀。」

對於霞琹像個姊姊在說教的叱責，歌凜看似心有不甘，卻終究還是沒回嘴。

「那麼，容我娓娓道來。」

霞琹露出絕佳的偶像微笑，使得鈴音內心悸動了一下，又說了一句炸彈般的發言：

「……大姊姊，妳有來過握手會吧？」

鈴音認真想要放聲大叫。

居然有被注意到！

什麼時候知道的？打從一開始嗎！

「歌凜她啊，那時可是興奮不已呢——一直喊著：『我的偶像！我的偶像來了！』而且排的還是自己的隊伍，那就更不用說啦。」

霞琹面露賊笑，歌凜則是以一副很恨她的目光瞪著她。與其說是生氣，感覺更像是害羞的眼神。

鈴音內心混亂，沒能好好搞懂對方所說的話。她沒辦法接收對方的話語。能夠理解的，只有話中某一部動畫的名稱。那是鈴音第一次拿下主要角色，對她而言算是配音生涯轉捩點的一部作品。

那是描繪女國中生日常生活的原創作品。

劇中接二連三發生看在大人眼裡只是小事，對國中生來說卻顯得很重大的事件。角色們也慢慢解決那些事件。但其中也有一些沒有解決便不了了之的事件。

沒有完美的答案，卻仍能稍微向前邁出腳步的故事。

雖說沒有續作，但鈴音第一次上台參加的活動令人開心。影音方面，不久前曾再次發售藍光套組，聽說評價滿不錯的。

「歌凜是看了那部動畫才想要當聲優的。她那陣子好像發生了許多事，聽說是被大姊姊的演技拯救了喔？」

自己的演技居然能成為某個人的救贖，這是鈴音想都沒有想過的事。況且得到救贖的人居然是自己的偶像，根本作夢也夢不到。

真要說起來那不是因為自己的演技才得到救贖的，一定是故事本身的力量——鈴音本來想這麼說，但把話吞回去了。

她想起自己也有過一樣的經驗。

令人動心的是故事的力量、劇中演出的力量——不過飾演角色的人們會將那種力量增幅。

她曾看過由不同演藝人員所配音的同一部外國電影。院線上映的版本會請有宣傳效果的藝人來配音，但配音的成果就算講場面話也沒辦法說是配得不錯。

推出影碟時替換為專業聲優所配音的版本則是渾然天成，甚至會讓人覺得是外國演員自己講出了日文。

如果是自己的演技讓那部動畫更為優秀，並使歌凜的內心相對放鬆，身為演藝人員便不該加以否定。

「可是，那種事情聽都沒有聽過——」

鈴音臉上或許露出了「為什麼妳都沒有說呢」這樣的心緒。

歌凜嘆了一口氣，然後一下子抬起臉來，一副下定決心的模樣，筆直地凝視鈴音。歌凜依舊跟剛才一樣，臉頰宛如熟透的蘋果般紅通通的，眼眶也有點潤濕，不過那同時讓鈴音感受到堅強的意志，使得她有點畏怯。

歌凜說了：「因為——」

「鈴音姊，我在經紀公司見到妳的時候，妳完全就是初次見面的態度嘛。好像在講『我根本不知道妳是誰喔——』一樣。老實說，我有受到打擊。想說畢業後明明沒過多久，是不是就被妳遺忘了呢？也曾想過說，或許妳會來握手會就只是一時興起罷了。」

當然不是那樣。為了抽中資格，鈴音可是買了好幾張ＣＤ呢！

「可是，妳也有來寫真集的簽名會，演唱會的時候同樣看過妳好幾次，有跟妳對上目光，向妳揮手以後，妳就開心似的對我揮回來，我想說妳那樣一定是喜歡我，然而我不再當偶像以後妳就拋下了我——我湧現了這樣的想法而十分沮喪。我明明就是想跟鈴音姊一起演出，才會進入ＥＡＲＰＯ的。」

（是這樣嗎！）

「還以為妳看見我就會開心地飛撲上來，曾經那麼想像的我簡直跟傻子一樣。」

再怎樣都不能在職場上做出那種行為。就演戲來說鈴音可是專業的，所以她有辦法完美地演出平靜的態度，但她現在希望歌凜能夠理解她的內心其實波濤洶湧。

「不過，仔細想想便覺得是理所當然的呢。畢竟鈴音姊喜歡的是身為偶像的鐘月歌凜。不當偶像以後，我不過就只是個剛入行的聲優。」

確實……自己並不是真愛粉。

可是，鈴音現在還是很喜歡鐘月歌凜，想追歌凜的心情並沒有改變。雖說沒有改變——然而仔細一想，對於不再是偶像的歌凜，鈴音也不太曉得現在崇拜的是她的哪個部分。

「所以我才想說要從頭開始拉近感情，再找機會說『妳以前有來過我的握手會吧』，讓妳回想起來。」

歌凜凶狠地瞪了霞琹。

「都被妳搞砸了！」

「沒啦沒啦，她沒忘記妳啦。咦？還是說真的忘記了呢？」

「怎麼會！」

鈴音不禁大聲否定。歌凜好像嚇了一跳，睜大了眼睛。

「不是那樣的……歌凜大人是我的內心綠洲，我只是不希望這點被人任意嘲弄，才會把阿宅的一面隱藏起來。」

「哦──這人真的是鐵粉耶。」

霞琹眨了好幾次眼。

鈴音心想「對啦。啊是礙到妳了喔？」

「要是我對外公布自己有在追星，這點就會成為被人消費的對象，我不喜歡那樣。」

不過那也到此為止了。

既然對方知道她有參加過粉絲見面會，便沒什麼好隱瞞的。

「我會對歌凜大人也保持祕密，有一部分是因為一開始就順理成章地隱瞞起來了。但我同時也覺得，既然歌凜大人都畢業而走上了新的道路，聽人提起偶像時期的事不免像是被過往追著跑一樣，說不定會令人不悅。」

而且，還有一件事。

這是拉近感情後才有的想法，不過鈴音覺得，要是她主動透露自己是歌凜的粉絲，兩人之間或許就會立刻回到粉絲與偶像的關係性，這點讓她十分猶豫。

至於為什麼會不希望那樣，就連鈴音自己也不是很清楚，所以她沒打算說出這點。

「什麼嘛……原來早就被知道了——」

鈴音一下子放鬆所有力氣。

「既然如此，昨天晚上我就不用那麼努力地清理了嘛。」

「什麼什麼？那是什麼意思？」

霞琛一副充滿興趣的樣子，目光閃閃發亮。

「歌凜大人酒喝太多，昨天晚上住在我家。單純是發生得太突然，把周邊收起來很辛苦而已。」

「咦，是這樣呀？」

歌凜不知為何看起來滿高興的。

「我醒來的時候看了房間，發覺沒有半個對角線的周邊而覺得很落寞的時候，剛好看到有寫真集，想說要使壞一下就是了。」

所以她當時才露出了那種有點高興的態度啊。

「不是妳想的那樣。我平時都是被對角線和歌凜大人的周邊所包圍。就連寫真集也是，有疼愛用、保存用，以及親簽本共三本。」

沒差了，豁出去說到底吧。

鈴音只是不喜歡被人隨便消費，對於自己是個阿宅的事情並不覺得難為情。假如對自己的行為感到羞愧，就跟讓偶像蒙羞沒什麼兩樣。

「哎呀，真是謝謝妳了。」

霞栞一個低頭鞠躬行禮。

「如果能夠繼續支持新的對角線，我們會很高興的！……不過大姊姊妳只崇拜其中一人，可能有點難吧？」

確實，鈴音在歌凜畢業後便沒有積極追蹤對角線的資訊。少了絕對性C位的對角線的確可以說是欠缺魅力，況且也沒推出新歌。

「我們這次有新成員加入，還會推出新歌，可以的話請看一下吧。最近會在影片網站上傳MV。」

「是這樣啊？」

喜形於色的人是歌凜。

「雖然由我來說好像也有點怪怪的……恭喜妳們啊。」

「謝謝。」

霞琹露出微笑，表情隨即轉為帶點溫柔的嚴肅臉色。

「妳啊，一直都很在意我們吧。不過呢，我們沒問題的。應該說，妳根本就不用懷有自己走了之後團體可能會撐不下去的想法，沒那麼扯啦。我們也有好好地向前進，妳只管顧好自己的事情就行了。」

「……嗯。」

歌凜像個小孩子一樣地點了點頭。

「雖然啦，好像還是有粉絲沒辦法接受妳畢業。不過那些人看見新的我們表演，想必也會釋懷的。應該說，我們會讓他們釋懷的！」

「嗯，這點我並不擔心。」

她們兩人展現了只有相互信賴的夥伴才會有的，內心不帶任何猜忌與疙瘩的笑容。

「那麼，我也差不多該閃人了吧。妳們約會我當電燈泡總是不太好。」

「就說了，這不是約會。」

「好好好。改天見啦。」

霞栞微微彎下腰來，親了一下歌凜的臉頰。

鈴音的心臟跳得飛快。

歌凜則是一點也沒有表現出厭惡。這點鈴音曉得。霞栞小時候住過國外，親吻單純只是打招呼的方式，以後台為題的生活照也有好幾張她親吻別人的畫面。

「是說，妳眼睛怎麼了？」

歌凜指起自己的眼睛當中，霞栞有戴眼罩的那一邊。

「啊，妳說這個？只是長針眼嘍。如果戴醫療用的就不好看了。」

「什麼嘛。」

「下次大家一起聚聚吧。」

「真受不了她。」

說了這句話之後，霞栞便走出了包廂。

如此低語的歌凜眼眸當中充滿著溫柔與愛情。畢竟那是她以前的夥伴——不對，現在也一定還是夥伴吧。

「都被揭穿了呢。」

歌凜羞澀似的露出微笑。她所說的這句話包含了自己和鈴音的兩個祕密。

「啊，可是，還是請妳不要叫我『大人』。那樣真的太難為情了。」

「嗯。」

要是被其他人聽見了，會讓人覺得哪裡有問題。

可是——心裡總覺得滿不是滋味的。

剛才那一吻，深深地糾結在鈴音心裡頭。

明明之前碰見同樣的情境都會興奮到想要尖叫，可是直接在眼前上演之後，不知道為什麼，感覺心裡有點陰鬱。

盤子上原本蓬鬆軟綿綿的鬆餅，已經整個縮起來了。

7

「妳們倆都中選『在宇宙邁進的樂園鯨』的主要角色嘍。」

兩週後，鈴音與歌凜都被叫去經紀公司，並且一起在會議室中得到巳甘這樣的通知。鈴音以前就算有直接被通知結果的情形，像這樣跟別人一起得到通知依舊十分少見。

在短暫的沉默之後——

「太好啦～～！」

歌凜看起來真的是很高興，兩手握拳並且高高舉向天花板。

她終於第一次中選了。

儘管演出邀約很多，接受的試鏡數量也在公司裡排行第一，但之前都沒有得到任何成果。也因為如此，「她就是光靠知名度」這一類的壞話甚至也傳進了鈴音耳裡。

像賀彌河麻實那種人，實在是太常在公開場合說出那種壞話，就連結衣香也看不下去而話中有話、委婉地批評她。賀彌河好像沒發覺自己的發言受到了整個公司的斥責，結衣香會開口勸誡其實也是因為這點，但她似乎還是沒有意會過來。

而講了那些話的賀彌河，這一期也沒有拿下任何常駐角色。

鈴音不會同情她。

動畫是由許多人攜手製作的，所以大家會顧慮工作現場的氣氛。儘管有些禮節和寒暄看在外人眼裡可能會有點過頭，但鈴音能理解其目的正是要培養良好的氛圍。

現在的賀彌河就是做不到這點，她會讓工作場所的氣氛變糟。試鏡時好像也是因為她都只顧自己，沒能得到他人的理解而在不好的方面顯得突兀，以至於落選了。

結衣香曾說過，她以前並不是那樣的。據說她以前雖然很難當上主角，但演技依舊得到了好評，每一期都會拿下幾個常駐角色。似乎是因為後來試鏡都不再中選，個性才會大為轉變。

鈴音覺得這一定要拿來當作借鏡，並非事不關己，將來有可能也發生在自己身上。先不論歌手活動，幾年前就有邀約的寫真集攝影或許是該好好考慮了。

相較之下，歌凜真的不愧是鈴音的偶像。

無論是批評還是壞話，歌凜都是一臉淡然地應對。就算去喝酒，嘴裡也不會有半點怨言。頂多也就是鈴音覺得其他人沒眼光，生氣地抱怨而已。

不過，那種日子終於要結束了。

新人第一次擔綱主角——當然，演技以外的要素想必也有加分效果，但那種東西要多少就有多少。知名度也是實力的一部分。

「太好了呢，小凜。」

「嗯！」

她們「啪！」的一聲互相擊掌。

儘管自己是粉絲的事情已經被歌凜知道，不過鈴音還是會叫她的小名。由於歌凜懇求說不要稱呼「大人」，鈴音於是盡力在忍耐。

「然後呢，會要妳們兩個一起過來，其實是還有一件事要講。」

鈴音端正坐姿。

巳甘會用這種拐個彎的方式說話，代表有好消息。

「也確定會有妳們倆主持的廣播節目了！」

廣播節目！

令人發顫的喜悅從背脊竄了上來，身上也冒出雞皮疙瘩。動畫廣播節目能讓觀眾更加了解原本身居幕後的自己與同業人士，鈴音很喜歡這樣的工作。

目前鈴音只有與動畫相關的廣播節目邀約，但聲優前輩之中也是有將冠上自己名字的廣播節目主持了十年以上的強者。

鈴音曾想過自己總有一天也要試試看那種工作。

「從動畫播映開始前到最終回，大概有兩季的長度。評價不錯的話，說不定以後就會有冠名廣播節目的邀約，妳們要加油喔。」

鈴音與歌凜面對面，然後以響徹整間經紀公司的嗓音回了一聲：「是！」

☆

「在宇宙邁進的樂園鯨」是原作為漫畫的科幻作品。

目前適逢異世界作品熱潮過了高峰，業界在找尋新礦脈的過渡期，作品種類有原創動畫、科幻、青春和戀愛等，十分多樣化。

原作在社群平台等處有如邪典作品般大受歡迎，不過若以容易理解的銷售數量來推估，便能知曉那並不是真的賣得很好的作品。

鈴音覺得那樣的作品能改編成動畫對業界來說是件好事，況且以演藝人員的角度來看，製作方若能做出不同種類的各式作品，便更具有挑戰的意義了。

作品內容是稱作「樂園鯨」的恆星間太空船發生意外，為校外教學而冷凍睡眠中的高中生們幾乎全數喪命，其中只有一名天才女高中生倖存，以及經由那名女高中生之手，好不容易僅有頭部得以留存的同學也存活下來，一個人與一顆頭就這樣展開旅程的故事。

天才女高中生瘋狂科學家布蓮妲・S・美幸博士由鈴音飾演，只剩下一顆頭的女高中生天見遙則是由歌凜飾演。

原本是訂製嬰兒的兩人並沒有雙親（這個世界的人類全部都是這樣）。

旅行的目的是前去有如大陸般廣闊的太空船某處本應會有的研究所，讓遙的身體再生。不過，這是一切都受到自動管理的世界，資訊皆已喪失，問題也接二連三地發生。每次一出事，只剩下頭的遙就會被美幸博士拿去跟各式各樣的身體合體，被逼得「只能靠自己」來解決事情。

雖說是帶有喜劇風格的科幻作品，但也有許多讀者在兩名主角之間嗅出百合味，美幸博士與（因為只有頭）各種層面都只能受人照料的天見遙之間的關係性，讓人很有感覺。鈴音也是因為要試鏡才去讀過原作，進而後悔自己居然不知道有這部作品。

能與自己最崇拜的偶像在這種作品搭檔演出，除了高興還是高興。

原作目前尚在連載，已經出到了第五本。由於還沒完結，動畫應該只會描寫到旅行的途中。不過要是廣受歡迎，動畫就有可能出到第二、第三季。

動畫廣播節目就是用來推動這樣的發展。

儘管如此，在動畫播映前幾乎沒有什麼能透露的資訊，節目內容將會以主持人的「私生活閒聊」與依靠聽眾來信的「特別單元」為主。

鈴音和歌凜都有主持過廣播節目，所以這方面不成問題。廣播作家也找了一位在其他的動畫廣播節目中很受歡迎的老手。

令人意外的是，這個節目並不會有影片形式的播放。

鈴音覺得既然都錄用歌凜了，不去展現她那絕美的容貌實在是一大損失，但這方面好像有一些高層的顧慮在。

節目每週會發布一集，一集三十分鐘，一次會錄上兩集。

預定隔幾集就會有一次現場直播，作為前哨戰的第零集也預定會是直播形式，只有那一集會附有影片。

雖然稱作第零集，但實質上就是動畫化特別節目。演出人員除了鈴音與歌凜以外，還會有動畫導演、原作漫畫的負責人，以及擔任司儀的自由播音員。

能有別人帶動節目進行可是幫了大忙。儘管如果是被吩咐說要自己帶動節目進行，由於鈴音也已經有好幾次經驗，基本上只要照著劇本做便不會有事。不過這部分能交給別人來做的話，讓別人去做會比較好。

帶動節目進行時，最重要的是幫忙動畫導演和漫畫負責人圓場。

雖說有些人很會說話，但那種人很容易講著講著就失控，司儀的工作就是巧妙地將那種情形導回正軌。但如果要由演藝人員來勸誡導演，立場上會造成很大的精神負擔。

就這點來說，鈴音可是十分期待「在宇宙邁進的樂園鯨」的廣播節目「鯨電台」的第零集——動畫化發表特別節目。

☆

（原本應該是這樣的……）

隨著節目單元的時間愈來愈近，鈴音就愈來愈不知道自己該怎樣調整心情才好。

在開始直播兩小時前的討論中，鈴音看了廣播作家釋迦石遞來的劇本後，體溫便一下子飆升了。

在介紹動畫基本資訊、介紹演出陣容，以及說明原作內容與世界觀等情報後，會有像是綜藝節目一般的單元——「讓演出陣容挑戰原作場面！」內容並非以配音的方式，而是要實際運用身體，試著重現原作中出現的場面。

對鈴音而言，這種表演不成問題。

她很喜歡演戲。

儘管最近根本沒機會進行戲劇演出，但她仍舊懷有想要站上舞台的想法。

問題在於其內容。

「那麼，進入下一個單元！」

身為司儀的山本播報員情緒高漲地大聲宣告，使得鈴音的身體僵硬起來。

「接下來，演出陣容中的兩位會從這箱子裡頭抽出紙條，並且實際重現上面所寫的原作名場面！」

山本播報員搖晃手中的黑色大箱子後，傳出了紙片的摩擦聲。裡頭放有已經折疊好的指令字條。所謂精挑細選過的原作名場面——幾乎都是美幸博士和天見遙之間帶有百合味的行為。

「真是的，這誰想的啊？到底是誰想的？……太感謝啦——！」

工作人員發出笑聲。

雖說沒有觀眾，放在桌上的平板電腦依舊播映著鈴音他們的直播影片，留言也即時顯示了出來。

——『咦？會有那個場面嗎？』

——『只有頭之類的狀況要怎麼演啊？』

——『WWWWWW』

——『希望能有很百合的！』

——『百合——！』

字句一下子蜂擁而出，淹沒整個畫面。

觀眾的預料是對的。

會在這個單元中重現的場景，正是兩個角色間多少帶有百合味的場面。原作中的兩人並沒有戀愛關係，所以簡單來說，這就是作為商業賣點的百合人設。

「好！抽出來了！」

山本播報員將從盒子裡抽出的紙張打開。

「首先是這個！原作第二集！經過很亂來的作戰以後，小遙的頭髮一團亂，枕在美幸博士的大腿上給她梳頭！那麼，來開始準備吧！」

受到催促的鈴音與歌凜繞過桌子，來到前面。

助手馬上把綠色的斗蓬遞給歌凜。從頭上套下來以後，就會變得像是晴天娃娃一樣。

如此一來，雖然現場看不出來，但因為背景是綠幕合成，畫面上的歌凜將只會顯示出頭部。

現場準備了椅子，鈴音就坐在上頭。

她兩腿打開，歌凜就在其間面對後方跪坐。由於是從側面拍攝的，直播畫面上的歌凜看起來的確像是只剩一顆頭，那顆頭就擱在鈴音的大腿上。但真要說起來，由於身體部分與地板顯示出來的感覺並不一樣，所以畫面上的呈現並不完美。

「那請兩位開始！」

聽了山本播報員的聲音，鈴音便深呼吸一口氣，帶出美幸博士的嗓音。

「……唉，真是的，都亂成一團了。妳沒辦法自己梳頭髮喔？」

「因為我只有頭啊！」

美幸博士態度挑釁、天見遙提出抱怨。這種互動就是這部作品必備的常見情境。

為了讓歌凜看起來真的只有頭部，鈴音有點用力地以膝蓋夾住她的肩膀，左手也像要撈起秀髮似的捧起她那美麗的髮絲，並且用梳子梳了起來。

在不同的光照情形下看起來多少帶點碧色的黑髮並沒有半點汙濁，而且柔順到梳子有如梳過空氣一般。

每梳過一次，鈴音都會莫名湧起憐愛對方的情感。她感受到自己說不定也有像個媽媽的感覺——亦即具有母性。

能仔細觀看別人髮旋的機會實在不多。歌凜的髮旋幾乎就在頭頂，看起來並沒有那麼明顯的渦旋狀，但相當漂亮。

「妳真的很需要人照顧耶……」

「因為我只有頭啊！」

現場發出笑聲。

鈴音覺得這就像在撫摸貓咪一樣，可以就這樣一直持續下去。然而──

「好，謝謝兩位──！」

山本播報員無情地宣告表演結束。

歌凜在鈴音兩腿間嘆了一口氣。作為聲優的歌凜想必也是第一次參與這種攝錄，或許還是滿緊張的吧。

鈴音把梳子遞給急忙趕來的工作人員。看向螢幕，便發覺顯示出來的留言大致上都是正面的，這讓鈴音鬆了一口氣。

「好啦，時間有限，馬上來進行下一個──！」

鈴音和套著斗蓬的歌凜並肩站著，默默看著山本播報員從箱子裡拿出第二張紙條。稍微瞄了一下螢幕，上頭顯示出來的畫面還滿奇妙的。

雖說歌凜就算只有頭部也很可愛，可是只剩一顆頭的樣子依舊會讓鈴音內心靜不下來。有可能是因為以現在的醫療科技來說，只剩一顆頭絕對無法存活，令她聯想到死亡才會有這種感受。

「好！來了來了來了！原作第一集！刷牙的場景！」

鈴音內心悸動。

觀眾們傳來「喔喔！」的留言，喧鬧了起來。

天見遙就算只剩一顆頭，為了維持正常的精神狀態還是需要進食，在吃完東西以後就得刷牙，不過她當然沒辦法自己刷，所以需要美幸博士來幫她刷牙——方才抽到的就是美幸第一次幫她刷牙的場景。

鈴音發覺自己的腋下冒出了汗水。

這個場景跟剛才不同，在調整心緒的難度上相當高。畢竟距離上接近的程度可是遠遠超過日常生活會有的情境。如果不是近在咫尺，便無法做出那樣的行為。

鈴音的心臟已經開始準備以飛快的速度起跑。

「那麼，有請兩位表演！」

鈴音手拿工作人員遞過來的牙刷，和歌凜面對面。

歌凜在左邊，鈴音在右邊。

牙刷在漫畫中是形狀不明所以的奇怪道具，不過由於現場表演真的要放進嘴裡，考量到安全性，準備的是真的牙刷。

鈴音能夠清楚聽見自己心臟的每一次跳動。

她留心不讓麥克風收到音而深深地吸了一口氣，左手以支撐臉頰的手勢托在歌凜臉上，表現出拿起一顆頭的樣子。

歌凜微微地抖動了一下。

「……好了啦，快把嘴張開。一直閉著就沒辦法刷了吧？」

「唔——」

歌凜仍舊閉著嘴巴而呻吟，然後像是死了心一般閉上眼睛，張開嘴巴。

「再張大一點。現在這樣我看不清。」

「別看啦。」

歌凜說了「別看啦」，卻還是把嘴巴張得更大。

為了保持這樣的狀態，鈴音用大姆指按住她的下唇。

觸感像是軟糖一樣柔嫩有彈性，況且因為護唇膏的關係有點滑滑的。

帶點溫熱的吐息撫過鈴音的手指。

她還是第一次這麼仔細地看著一個人的口腔。

不曉得該怎麼形容才好，粉紅色的，看起來柔軟又光滑。

將牙刷放進去以後，舌頭滑動了一下。她小心避免傷到牙齦，緩慢地刷了起來。

「唔。」

歌凜發出了叫聲。

這是演技。原作的對話框也有這樣寫。儘管鈴音知道這點，脖子一帶依舊顫抖了一下。

真不妙，這可真是不妙。感覺會打開心中的某個開關。

儘管鈴音要自己冷靜下來，可是根本沒辦法冷靜，心癢難耐。偶像的這種姿態展露在自己眼前，怎麼可能不興奮？

總覺得「兩人之間僅僅是公司前輩與後輩的關係」這一條防線，就要輸給慾望了。

鈴音心想得趕快結束這段演出，持續刷著偶像的口腔內部。

臉很燙。

唾液累積了起來，引起了一陣陣的水聲。鈴音希望這並沒有被麥克風收到音。

「……好了，結束啦。」

完整地刷了一遍之後，鈴音把牙刷抽離歌凜嘴裡。

歌凜將積了起來的唾液吞下去，喉頭也隨之動了一下。閉上嘴巴的她臉頰微微泛紅，好像要調整護唇膏一樣地動起了嘴唇。

鈴音的手仍托在歌凜的臉頰上，於是不禁這樣子凝視著她。肌膚好燙。如果這是異世界動畫作品，感覺會從碰觸的地方噴出火來。

「好了！謝謝兩位——！」

山本播報員的聲音讓鈴音鬆了一口氣，把手放開。歌凜的目光有一點點朝下，不曉得懷著什麼樣的情感。

「那麼，要來下一個嘍——」

鈴音聽著手伸進盲盒裡翻找紙條的聲音——

（要專心工作！）

並且再一次聚精會神。

「好！接下來是這個！原作第四集，躺在大腿上掏耳朵——」

作為商業賣點的百合人設仍在持續。

☆

「有夠緊張的！」

和鈴音一起回到休息室的歌凜這麼說著，趴到了桌子上。看到她那樣的表現，鈴音不禁會心一笑。

「我懂這種感覺」與「真令人懷念」的心緒同時湧現鈴音心中。

有一部分的緊張來自於「不曉得自己有沒有在現場直播中說出NG字眼」。近年來不能隨便講的字眼變多了，所以會邊思考邊說話，但邊說話邊思考實在很累人。其中也有講了就一定得道歉，或者沒拿捏好就一定得退出演出陣容的詞彙，因此要多加留意。

儘管如此，直播還是讓人很開心。不只會有緊張感，還會有情緒高漲的感受。能看見留言的時候就更有現場進行的感覺了。

「辛苦了。」

鈴音遞出放在桌上的礦泉水。

歌凜抬起臉來，說了聲謝謝並收下。她扭開瓶蓋，身子靠上椅背，豪邁地喝起水來。

鈴音不禁看起她裸露的脖子咕嚕咕嚕起伏的模樣。那種姿態，給人一種她確實活著的感覺。能感受到並非作為偶像，而是身為一個人類的歌凜。

「呼啊。」

歌凜大大地嘆了一口氣，放下寶特瓶。

鈴音坐在她斜前方的位置。

「有那麼累？」

「嗯。畢竟演唱會途中講的內容都會先經過確認，幾乎沒有即興發揮的部分。電視上的綜藝節目有時候會有一些很誇張的要求，但如果真的不能播也會在後製時剪掉。不過，這次明明是現場直播，那個司儀卻很敢呢！」

鈴音笑了出來。

「嗯，畢竟他在這個業界算是名人，而且他就是那樣才很受歡迎喔。他很理解聲優這個行業，所以不會用一些真的很ＮＧ的方式來戲弄人。」

「哼嗯。」

歌凜一副「還是有點不懂」的表情。

「鈴音姊，妳有什麼被戲弄就真的很NG的點嗎？」

「我啊，很討厭別人要我現場表演某某角色。」

「哦～可是那種情況不是時常發生？」

「對啊。但那對我來說很NG，畢竟著作權方面的事情也很微妙。啊。如果是那個角色出現的作品相關活動或廣播節目倒是不會那樣。畢竟就算是以仙宮鈴音的身分出場，也是因為有那個角色才會被叫去現場的。就算沒人要我飾演角色，我也會在其中穿插。」

「原來如此。」

歌凜說了聲「我上了一課」同時點頭。

「……妳覺得剛才的單元怎樣？」

鈴音的態度轉為有點正經，如此發問。對於歌凜而言，這應該是她第一次的百合人設。

如果沒有經驗，要那樣子互動想必滿不容易的。異性之間絕對不能那麼做。

儘管若說同性之間就沒關係，多少也有一種被營運方下意識地、自然而然否定的感覺，不過接受這種演出的一方則會欣然接受並且予以肯定，鈴音就把這當成正負抵銷了。

「啊……我心跳得好快。」

「以後要當成ＮＧ行為嗎？向巳甘姊說的話，她會幫忙處理的喔？」

歌凜緩緩地搖頭。

「我沒關係。雖然不曉得跟其他人搭配的時候會怎麼樣，但我跟鈴音姊做那些並不覺得討厭，反而還很開心呢。」

「真的嗎？妳有沒有在顧慮我？」

「沒有喔！」

歌凜「啊哈哈」豪邁地大笑。

「為什麼要擔心成這樣啊？那個有夠扯的耶！啊，我這麼說是在稱讚喔。」

「這樣啊？」

「對啊。像是給人掏耳朵，上一次都是讀小學的時候了。我算是有先弄乾淨再過來啦，應該還好吧？」

「嗯。好像有點不太過癮。如果掏出一坨很大的，不是會滿有成就感的嗎？」

「咦咦？才不要呢，誰想給別人看耳垢啊！牙齒我也有好好刷過，連口氣都有特別下功夫呢！」

「嗯，有薄荷的香氣。」

「拜託妳別聞啦！」

歌凜尖叫出聲，臉也都變紅了。

鈴音鬆了一口氣的同時也笑了出來。既然歌凜不討厭，那就好了。能多了解到鐘月歌凜這個人的另一個面相，算是非常地有意義。

「還好我第一次是跟鈴音姊一起做。」

歌凜對鈴音露出微笑。

（喜歡妳～！）

龐大的情感猶如怒濤般洶湧而上，吞噬了鈴音。她希望歌凜百合人設的對象以後也只會是她一個人。她是真心這麼想的。

她不想看見歌凜和其他聲優做出那種事情，也會想去阻止那種情況。

如果歌凜同樣表示除了鈴音以外，不願與任何人做起百合人設，那鈴音也會將「與歌凜以外的人進行百合人設」視為ＮＧ行為——鈴音有一瞬間昏頭到產生這樣的想法。

（我要冷靜點啊！）

她訓誡了自己。怎麼可以把做粉絲的心態帶到工作上呢？作為商業賣點的百合人設可是扮演角色的一部分，別攪和在一起。

可是——

「啊，來吃點零食吧～」

對於那天真無邪地把手伸向招待品的「偶像」，鈴音不曉得為什麼，就是會忍不住瞇起眼睛看她。

8

鐘月歌凜的名氣真的有相當大的效果。

在體育報刊與週刊上有著「變身為聲優」這種歌凜彷彿成了變身英雌的搶眼標題。鈴音也從巳甘那邊聽說，公司其實有不間斷地接到各種單位的聯絡，詢問關於歌凜的事宜。申請採訪的數量，就播映前的動畫而言好像也是超乎常態。

而且其中大部分的媒體都與動畫、漫畫沒什麼關聯。公司也知道他們就是針對歌凜而來的，在談條件與調整行程這部分似乎很傷腦筋。

經紀公司所提出的採訪條件，便是內容無論如何都得是「在宇宙邁進的樂園鯨」動畫版的宣傳。因此不能單獨採訪鐘月歌凜，必須與仙宮鈴音一起接受採訪才行。而且也不能詢問關於私生活的問題——諸如此類。

在這樣的條件下，已經篩掉了相當多的數量。其中有些媒體認為沒有單獨採訪歌凜就沒意義，後來也不再聯絡公司。而像這樣的單位就會被公司列為黑名單。

到最後，剩下的唯有動畫類、漫畫類、偶像類的媒體，還有比較罕見的科幻類媒體。都是一些要利用歌凜的名氣，卻也會確實宣傳「在宇宙邁進的樂園鯨」的單位。

後製錄音都還沒開始，鈴音和歌凜就已經接受過好幾次採訪了。

儘管如此，她們並沒有什麼相關內容能講，結果到頭來就變成歌凜透露她事業第二春選擇聲優的原因。

『那是因為我很仰慕鈴音姊。』

歌凜無論在哪都是這麼回答。原本就想當聲優，結果被逼著當偶像的事情當然沒有全盤托出，有稍微更動一下事情原委才對外敘述。

也就是改成了「從以前就很喜歡看動畫，在當偶像非常辛苦的一段時期，撐起了自己的作品正是由鈴音主演」這樣的說法。

『那麼，您是追尋仙宮小姐而進入同一間公司的嗎？』

『是的。我直衝那一個目標！』

這種答覆在網路上成為「那不就是靠關係還走後門」這樣的導火線——

『先聽過她經紀公司官網上的聲音樣本再說吧。』

但其他公司的聲優也說了這種話幫忙緩頰，所以在網路上並沒有燒成很嚴重的抨擊。

雖然連這種情形都有人在說「反正是ＥＡＲＰＯ要你們這麼講的吧」，但只要實際去聽過歌凜的聲音樣本，應該絕大多數的人都會認可她的實力。

鈴音也常被問到「以前輩的目光來看，歌凜感覺怎麼樣」這種問題。而她回答的內容則保持在無傷大雅的程度。

她並未公開提及歌凜是自己的「偶像」。

如果讓人知道鈴音與歌凜彼此都是對方的偶像，訪談內容應該更有發揮空間，但鈴音果然還是不想在工作上讓別人消費自己「追星」的事情。她覺得如果連那方面的事情都被扯進工作，便會失去她努力的支柱。

而在開始上線的雙人廣播節目中，她們大方地公開了許多關乎私生活的事情。提及私生活的談話內容正是廣播節目的賣點。聲優是幕後人員，所以粉絲若有機會觸及他們私下的一面就會感到開心。

儘管鈴音沒有特別囑咐，但歌凜也沒有透露她是鈴音崇拜的偶像，就連一點點暗示都沒有。

不僅是對媒體，連在經紀公司裡頭也是完全保密。

在錄製廣播節目的某一天，兩人一起吃飯的時候，歌凜說了「這是只屬於我們倆的祕密呢」，鈴音隨即回應她「其實經紀公司的前輩當中，只有結衣香知道」這句話，結果——

「啥？為什麼啊？」

歌凜不知為何生起氣來。

「為什麼啊？妳明明在公司裡都有保密，為什麼只對彩葺小姐說呢？莫名其妙耶。妳們是什麼關係？咦？為什麼？」

不知為何，歌凜緊追不放地逼迫鈴音。

「因為她是我剛入行的時候很照顧我的人。」

鈴音就這樣子敷衍過去了。

畢竟再怎樣都沒辦法直接說她們兩人都是女同志，沒有什麼事情好隱瞞的。那真的就是私人到不能再私人的領域，無論一起做了多少百合人設，鈴音依舊沒辦法對自己最崇拜的偶像輕易透露。

這次的案子當中有許多百合人設的行為。會這樣有一部分得歸因於動畫內容，在採訪的攝影時，也有比其他作品多上許多的百合人設需求。

手牽手、互相擁抱、臉頰互貼。

帶有百合味的相片會令粉絲歡喜，也引起了話題。雖說那是女生之間也會覺得太近的距離感，不過站在鈴音的角度來看，儘管她多少有點愧疚，但那真的是一種享受。

在沒有影像的廣播節目當中，劇本每次都會有「對於另一人與其他女性聲優的互動心生嫉妒」，或者「展現自己有多麼喜歡另一人」這類內容，鈴音和歌凜也就順著大家的期望演出姊妹情一般的關係性。

妹。

由於美幸博士和天見遙在故事中其實並非一對戀人，所以鈴音和歌凜能夠自然地扮演姊妹。

歸根究柢來說，即使沒有劇本，她們倆說不定還是會展現出一樣的內容。在現實生活中，歌凜其實就會有吃醋一般的表現，那樣子也滿可愛的。但她倒是沒有對鈴音展現愛慕之情。

就在這樣的日子之中，鈴音想都沒有想過的事情，在某個工作現場發生了。

☆

那一天，鈴音參加了某部動畫的藍光套裝特典用未播映集數的錄音。鈴音是那部作品的固定班底，所以理所當然地被邀去。

來自EARPO的聲優還有飾演串場角色的賀彌河麻實，以及負責演出路人背景音的另外三人。

其中也包含歌凜。這是經紀公司讓歌凜在「宇宙鯨」正式錄音前先習慣現場狀況而做的安排，之前也曾讓她在其他作品的錄音現場中學習。

仔細一想，鈴音便發覺這也是她第一次和歌凜處在同一個錄音現場。

（唔哇……令人好緊張喔。）

讓最崇拜的偶像目睹自己的演技居然是這麼令人緊張的一件事，整個超出了鈴音的預料。

聲優不會有讓粉絲看見自己現場錄音的機會。不過，偶像主要就是在粉絲面前表演。雖說聲優有時會有在粉絲面前唱出角色歌曲，但那充其量只是宣傳活動。鈴音全心全意發揮的地方，是在這裡。

害臊的感覺與自信心同時存在。

歌凜現在應該在錄音亭外面的等候室透過螢幕看著鈴音。知道歌凜同樣將自己視為偶像之後，就算看不見她也會覺得她就在凝視自己。

這或許只是自我感覺良好，但鈴音心裡還是慌慌的，坐不太住。沒辦法沉住氣。

（專心，要專心點……）

鈴音深呼吸。現在該思索的只有作品本身。

儘管已經隔了很久，鈴音依舊有好好地預習。她有重新回顧動畫，從角色設定回想起當時是怎樣的個性、體格，並且調整過嗓音。自己有辦法好好飾演。

『場景十四至二十，正式來嘍——』

（……好。）

音效指導的聲音透過揚聲器傳出，讓聲優們都站了起來。

安靜得連衣物摩擦的聲音也沒有。不發聲響地行動也是聲優的技術之一，會以這點為基準來選擇服裝，也會卸下首飾等物品。

在一列麥克風前站著的時候，歌凜已經完全從鈴音的腦海裡頭消失。更精確地來說，麥克風前面的那個人已經不是仙宮鈴音。

而是這部動畫的登場人物——逢瀨阿比蓋兒。

一手拿起劇本，同時看著螢幕。她沒有先背好台詞。會這樣是因為現場指示不只會有語感的部分，直接更動台詞也不是什麼罕見的事情。

『請各位開始。』

提示燈亮了起來。

「……喂！等一下啊，Q！」

鈴音開了嗓，發出與平時的她並不相同，這部動畫的登場人物逢瀨阿比蓋兒的嗓音，為這段場景的錄製起了頭。

☆

錄音本身因為一點小事而拖遲到時間，不過這是很常見的情形。

負責主要角色的鈴音等人錄完後，為了錄製路人背景音的部分，約有十名聲優輪流進入錄音亭。ＥＡＲＰＯ派來的人除了歌凜以外都是準所屬，除此之外還有其他公司的研究生與專門學校的學生。

「鈴音姊，妳好厲害！」

擦身而過的時候，歌凜以雀躍的嗓音對鈴音這麼說。

「我好感動！雖然知道現場錄製的嗓音跟看動畫的時候會不一樣，但我還是覺得妳好厲害！」

直率的稱讚讓鈴音害羞了起來，而且對她這麼說的人還是她的偶像，那就更害羞了。

「謝、謝謝……小凜妳也要加油喔。」

「好的！」

「啊，不過，要好好拿捏喔。」

「這我了解！」

在主要角色的背景中營造氣氛的路人群，可不能在不好的層面上引人矚目。

雖說沒有特別定好要講什麼台詞，算是即興演出，但就算是飾演圍觀群眾，仍需要好好地理解該部作品。

要自己設定在那個世界的生活方式，思考為什麼會待在那個地方，設想自己要帶著怎樣的感情發出嗓音，並且決定要說些什麼。

並非隨隨便便吵吵鬧鬧就好。

由於歌凜說了「請妳在結束前等我一下喔」，鈴音於是在等候室的螢幕看著她錄音的情形。

鐘月歌凜真的很傑出。就算演技上並不突出，她的存在本身依舊很引人矚目。感覺其他人好像有點遠離她，不過她並沒有在意這點，而是坦蕩蕩地待在那裡。

而且，開始錄音以後，就不會有人有心思去在意歌凜了。

儘管配的是路人背景音，歌凜的嗓音仍然很有穿透性。不過，雖然特別留意就會發覺那是她的嗓音，但如果沒有特別在意就不會被她吸走注意力。

（真是厲害。）

就在鈴音心生佩服之際——

「仙宮。」

被人叫了一聲之後回頭過去，鈴音注意到身穿黑色罩衫與黑色高腰直筒褲，一如往常維持著單色穿搭的賀彌河麻實正站在那裡。

鈴音急忙站起身來。既然前輩站著，自己就沒有坐下來的道理。結衣香是不會在意，可是賀彌河對這種事情就很囉嗦。

「辛苦了。」

鈴音有注意讓自己的語氣不帶挖苦的感覺。錄音時間拖遲的原因其實就是賀彌河，但她本人似乎一點也沒有為這件事過意不去，所以鈴音這樣的顧慮說不定並不必要。

「辛苦了。」

賀彌河莫名地帶著微笑。這樣的她十分罕見。不曉得她是不是對演技很滿意。

螢幕中的路人群錄音部分已經結束。雖說這次只有錄一個場景，但年輕一輩為了學習與展現自己，便不會放過能參加的機會。

當錄音亭的門扉打開，那些人接連走出來的時候——

「仙宮，妳晚點有沒有空？要不要去喝個茶？」

對於這突如其來的邀約，鈴音沒辦法立即回應。賀彌河來邀她喝茶這種事可是第一次發生。老實說，鈴音覺得賀彌河其實看她不順眼，所以她很意外。

「有件事想要跟妳談談。沒問題吧？」

這是不去不行的氣氛。有工作的話倒是還可以拒絕，但很遺憾的是今天最後的工作就是這部動畫的配音。

「我知道了。那就在附近的咖啡廳——」

「我已經決定要去哪間店了。那我去叫計程車嘍。」

「啊，好的。不好意思。」

賀彌河拿出手機，開始觸控。

可是，她到底想要談什麼呢？

如果是要求自己介紹工作上認識的人給她，總覺得有點困擾。那種事情可說是引起麻煩的源頭，所以鈴音老早便決定不會做那種事。

倘若是客戶詢問有沒有誰能夠做什麼樣的演出，鈴音的確會主動推薦她能夠信賴的演藝人員，但反過來就不會那麼做。

「——這樣不行喔，鈴音姊。」

斬釘截鐵的一句話讓賀彌河的手停了下來。

「妳說什麼，鐘月？」

從錄音亭走出來的歌凜靠近鈴音，同時很明確地瞪視賀彌河。

今天的歌凜身穿斜領的連身毛衣裙，明顯地襯托出身體曲線，非常地有魅力。

「不好意思，鈴音姊等一下跟我有約。」

鈴音試著回想有什麼約定，但其實沒有。

「那又如何？這可是前輩在約人，以我為優先是理所當然的吧。」

「私底下或許是那樣沒錯，但我們這邊要談工作的事。」

「是這樣嗎，仙宮？」

「呃……」

鈴音現在是想順著歌凜的說辭來脫身，可是她並不擅長臨時撒謊。

「妳跟她沒那種約定吧？我可是有確認妳接下來沒行程，才會來邀妳的。」

「我們要討論工作喔。下次廣播節目的。」

在鈴音回應之前，歌凜就搶先回答。然而——

「我又沒在問妳，可不可以安靜一下啊？這跟妳無關吧？」

帶點怒氣的嗓音讓周遭的氣氛僵了起來。

納悶發生什麼事的視線凝聚而來，歌凜就在這時嘆了一口氣並靠近賀彌河一步，壓低音量：

「……妳看不順眼的人是我吧？能不能不要因為計畫失敗，就想把仙宮小姐給扯進來啊？」

（計畫？）

「啥？妳在說什麼啊！」

賀彌河拉大了嗓門，簡直沒在理會歌凜想幫她圓場的舉動。

「能不能別講奇怪的話！」

「妳真的該停止了啦。這裡可是錄音室耶？」

「那又怎樣！」

聲優全力出聲的音量就像在打雷一樣。在沒有很寬敞的等候室裡頭，賀彌河發怒的嗓音爆發而出。

「等一下，妳們在幹嘛啊！」

結果讓久留間經紀人衝了過來。

「到底在吵什麼！」

「沒事，什麼都沒發——」

想要圓場的歌凜話被打斷。

「是這傢伙來找我碴啦。」

賀彌河並沒有要收手。

「好吧。總之妳們都跟我回公司去。在這裡吵起來可不是開玩笑的。」

久留間不耐煩地用手機叫計程車，後來也趕至納悶發生了什麼事而出來察看的導演那邊，為引起騷動一事不停地致歉。

鈴音內心七上八下地看著事態發展，不過歌凜沒有半點著急的樣子，賀彌河則是一副自己並沒有錯的態度，沒打算隱藏自己的不滿。

☆

兩輛計程車到了公司以後，新人們就當場解散。鈴音、歌凜、賀彌河則是被帶去了會議室，三人坐成一列，鈴音人在中間。

久留間拜託打工的入江去把巳甘經紀人叫過來，巳甘也馬上就趕了過來，一臉「到底發生了什麼事」的表情看向鈴音她們。

久留間這麼說——

「她們在錄音室起了點爭執。我想說要問她們到底怎麼回事。」

對一臉狐疑的巳甘做了簡短的說明。

「真的假的？」

巳甘坐到久留間身旁。

「所以說，到底發生了什麼事？」

「我哪知道？」

最先這麼開口的是賀彌河：

「我只不過是想找仙宮去喝個茶。結果呢，鐘月就突然插進來，硬是要刁難我。」

「是這樣嗎，鐘月？」

「並不是在刁難。」

「啥？妳對我講一些莫名其妙的話，如果不是在刁難我，那是在幹嘛啊？」

歌凜沒有回應。

鈴音有些好奇，歌凜是不是要講她當時小聲說的計畫、扯進來之類的事。

「鐘月，妳那時說了什麼？」

「…………」

「鐘月？」

被重複詢問後，歌凜深深地嘆了一口氣。

「……不久前，賀彌河小姐也曾找我去喝茶，所以我才會那樣。」

「啥？」賀彌河發出了惱火的聲音。

「那又怎樣？找妳喝茶確有其事，但妳不是中途就不見了？我只是覺得硬要找妳出去很不好意思，才沒有把妳那種失禮的態度跟別人說，妳這樣豈不是忘恩負義？」
「說什麼忘恩負義……會找我過去，不就是為了捏造我的緋聞嗎。」
鈴音察覺到身旁的賀彌河倒抽了一口氣。
兩位經紀人想必也有發覺。久留間先開了口：
「什麼意思？」
她催促歌凜說下去。
「我想她是打算拍下我跟男人待在一起的照片，假造我的緋聞。」
兩人看向賀彌河。
「啥——啥啊！妳講什麼東西，太莫名其妙了吧？腦子是不是有問題？以前當偶像的就是這樣才惹人厭！在耍人是不是！」
儘管賀彌河大吼大叫，歌凜依舊沒有理會她而繼續說：
「我想說那個位子滿奇怪的。畢竟她催促我坐下的，是窗邊的吧台位子。雖說那間店在小路旁邊，是個沒什麼人經過的地方，可是再怎樣都太顯眼了。我提議說要不要換個位子，賀彌河小姐就說晚點會再問問看，再三叮嚀我先在原本的位子上等她，隨即不見蹤影——那時我就覺得事有蹊蹺。」
「妳在說什麼！」

「……賀彌河，妳先安靜一下。我晚點會再問妳。」

被久留間這麼一講，賀彌河便咬緊嘴唇，一語不發。

「然後呢？」

「當過偶像總會滿敏感的。就算是自我感覺良好也罷，到頭來那樣的心態會保護到自己和整個團體。」

鈴音心想「原來是那樣啊」而心生佩服。

「後來，我就偷偷換個位子，躲起來觀察會發生什麼事。結果只見有個目的很明顯的男人進入店內，筆直地前去我之前坐的位子。他想必是因為我不在所以很困擾吧。那個人拿出手機按了一按，賀彌河小姐馬上就回來了，兩人起了點爭執後就跑到外頭去。然後呢，有個拿相機的男人從停在路邊的車子裡頭出來，我就想說『果然是這麼一回事』。他們八成是想要假造我約會的場面，賣給週刊雜誌或者貼到網路上。」

「啥！證據呢？有什麼證據嗎！」

鈴音心想「講出這種話就跟自己招供沒什麼兩樣」，但她沒有說出口。

要是自己被人設了一樣的局，有辦法察覺嗎？

鈴音覺得自己沒辦法。她絲毫沒想過會有人那樣對待自己，況且真要說起來，就算她被人拍攝了那樣的相片，應該也沒有可以拿來當緋聞的價值。

「我手上有證據。」

歌凜很乾脆地這麼說，拿出了手機。點了幾下畫面後，遞到兩位經紀人眼前。

「這就是當時的照片。」

就算反著看，鈴音仍能辨認出相片的內容。那是歌凜剛才提到的目標明確的男人。歌凜滑動畫面以後，第二張是那個男人與賀彌河在談話的照片。然後第三張是他們在外頭跟拿相機的男人待在一起的照片。

「我想，這個時候他們大概是知道我並沒有離開店裡，因為他們並沒有回來。」

「只有這些又不能——」

「順帶一提……」

賀彌河打算找些什麼藉口，歌凜就又多說了一句話令她住嘴。

「我知道這個攝影師是誰。因為他在偶像業界可是小有惡名的男人，很多地方都把他列為黑名單。他會在社群平台上找人收集各種情報，所以才會跟賀彌河小姐牽上線吧。」

「是這樣嗎，賀彌河？」

久留間經紀人的嗓音壓低，感受得到怒火。

賀彌河沒有回應。而這就是她的答案。

「妳為什麼——」

這聽在賀彌河的耳裡，或許就像對方不曉得原因吧。她突如其來地失控了。

「還不都是因為這傢伙用骯髒的的手段拿到工作！」

她站起身來，越過鈴音的頭指向歌凜大喊。

「我們不是聲優經紀公司嗎！就算她當過偶像，新人怎麼可以突然就有參加好幾個試鏡的機會，最後還讓她當上主要班底！太扯了吧！」

面對怒火中燒的賀彌河，久留間自始至終都保持著冷靜。

「也沒有多扯。試鏡幾乎都是客戶直接指名，能拿下主要角色也都要歸因於鐘月的實力。妳有聽她的配音樣本嗎？有聽的話，妳應該就說不出這種話了。」

「哪有必要去聽！突然冒出來的新人怎麼會有那麼多試鏡指名要她去！還不就是因為她是偶像！」

「我想也是。」

久留間並沒有否定。

「如果她能勝任配音工作，那就很適合用來宣傳節目，也能引起話題。可是啊，賀彌河。這個世界跟直接指定誰去配音的外國影劇不同，基本上試鏡結果就是一切。妳是認真覺得，她有辦法因為『具有節目宣傳效果』這種理由就拿下常駐角色？」

賀彌河沒有回應。

「如果是這樣，那妳就真的太小看動畫了。妳沒辦法通過試鏡，原因不正出在這裡嗎？那種事情，會顯現在態度上喔。」

「久留間。」

身旁的巳甘以寧靜卻嚴厲的聲音制止。

剛才那句的確說過頭了。就算心裡那麼想，也不是後進在場的時候該說的話。

「……賀彌河。」

這次換成巳甘對她搭話。

「我能理解鐘月這樣讓妳很不是滋味。但妳為什麼要針對仙宮？她一直都是聲優，妳也很了解她的實力吧？」

賀彌河沒有回應。

「是因為她跟鐘月感情很好，讓妳看不順眼？妳是想讓鐘月困擾，所以才要捏造仙宮的緋聞嗎？」

鈴音在內心歪了歪頭。她覺得就算自己被拍到跟男人待在一起，也未必就會演變成緋聞。

如果是歌凜遇到那種事，她能理解意義何在。可是，僅僅身為一名聲優的她就算有了伴侶，她也不覺得會有炒新聞的價值。

近年關於聲優的那種報導的確是有比較多，但如果不是出軌外遇，倒也不至於引起什麼話題。

鈴音身旁傳出啪嗒啪嗒的聲響，看了過去，便發覺很大的淚滴在桌子上散了開來。低下頭的賀彌河眼裡不停地溢出淚水。

「……想哭的人是我才對……」

歌凜像在放狠話一般如此低語。

鈴音覺得歌凜說得很對。

不過她的心情恰好是完全相反，內心十分雀躍。她根本不想哭，還因為欣喜而想跳起舞來呢。

——鐘月歌凜實在太帥啦！

就是這麼一回事。

因為歌凜在鈴音毫不知情、差點就要陷入危機的情況下挺身相助。

鈴音完全不曉得歌凜和賀彌河之間發生過那種事。

之所以沒有說出口，想必是為了袒護賀彌河吧。畢竟歌凜沒有真的被設計到，況且這種事情如果上報公司，絕對會對賀彌河加以懲處。

這樣的作風也讓人很崇拜！

只可惜，賀彌河是以另外一種角度去解釋歌凜的作為。

她覺得歌凜不上報公司，是她說不出口。

她認為歌凜沒有骨氣。

所以她才會更加大膽。甚至對歌凜周遭的人出手。儘管如此，歌凜依舊為她著想而要小事化無，只是賀彌河自己沒能察覺。

「不好意思，接下來就交給我處理。」

久留間這麼說，巳甘便點了點頭而站起身來：

「仙宮、鐘月，已經沒事了。辛苦嘍。鐘月妳晚點還要去赤坂錄旁白吧？就換個心情再過去吧。我也會一起去的。仙宮今天已經沒事了吧？」

「是。」

「這事情之後會交由上面判斷，可以麻煩妳們盡量不要對外人透露嗎？」

這裡所說的外人，指的是其他公司的人。就巳甘的語氣來看，這並沒有強制性。不過鈴音和歌凜都回以同意。

鈴音身旁的賀彌河麻實，還是一直落下斗大的淚珠。

☆

「我想，八成不是只有那樣而已……」

在平時常來的酒吧裡，聽了前因後果的結衣香帶著嘆息這麼說。

「我想，她一定也是真心想把小鈴妳給毀掉。」

「咦咦……？」

出乎意料的這句話使得鈴音瞠目結舌。

「小鈴，妳也知道這個世界有多麼艱辛吧？不久前，公司好像曾對麻實提議走上別條路。」

鈴音感受到彷彿喉嚨被揪緊一樣的感覺。

經紀公司所說的別條路，指的就是建議離開公司。

這代表公司很難繼續處理她的經紀業務，要她思索是否要成為自由聲優，或者是去其他公司，抑或是——退出配音業界。

「麻實她已經好幾年沒拿下常駐角色，外國影劇和旁白的工作也幾乎都沒進來，所以一直都在打工。」

「原來都在打工啊……」

「嗯。這也不是什麼稀奇的事吧？小鈴這個世代的，也有滿多人那樣不是嗎？」

正如結衣香所說。

單靠配音工作就能過活的人只有一小部分，許多聲優同時還有著其他工作，並持續在配音界打拚。

「既然能接受試鏡的人數有限，那只要上面的人不在了——自己說不定就擠得進去。她可能有著那樣的想法吧。那頂多就只是『說不定』，會有那種好事的機會可說是微乎其微，但她應該就是走投無路到輸給那種誘惑了吧。她會那麼做，想必是非常喜歡當聲優——」

「但她那樣不對……」

「嗯，就像妳說的。她的做法不對。鐘月沒打算把事情鬧大，應該算是一種救贖吧。接下來就看麻實自己怎麼決定……雖然我沒立場說她，但我希望她選的是就算自己無法接受，也能夠加以理解、撐著走下去的一條路。」

「嗯。」

鈴音讓白蘭地基底，加冰飲用的梅酒流進喉嚨。

不再當聲優——儘管鈴音想都沒有想過這種事情，可是到頭來，這種工作就是在因應他人的需求。

目前算是還有辦法維持這份工作，但新人會接二連三地出道，被要求的內容也會愈來愈多。將歌唱活動視為ＮＧ的原則，或許總有一天會造成負面影響。不過，鈴音同時也覺得，有必要為了維持這份工作，就連不想做的事情也去做嗎？假如做到那種地步，自己真的有辦法接受嗎？

如果可以，鈴音希望自己是在別人需要她的情況下結束這份工作的。她覺得在自己變成老婆婆之後，能在那樣的情況下離開業界，就是最棒的結果了。

「可是啊，小鈴，鐘月看起來好像真的很仰慕妳喔？」

「咦咦？是這樣嗎？真的是如此嗎……」

聽見結衣香嘴裡出現歌凜的名字，鈴音的內心頓時有所動搖。她還是忘不了不久前結衣香問她的那句「以看待一個女人的角度來說覺得怎樣」。

「我都聽說了喔。妳們倆私底下有跑去秩父吧？那不就是在約會嗎？啊，她該不會是去妳老家打招呼？」

「不是那樣的！那只是探勘外景而已。這次要配的動畫裡頭有個氣氛有點相似的神社，所以我們才會去那邊。」

「沒繞去妳老家？」

「並沒有！」

鈴音總覺得結衣香好像想把歌凜跟她湊成一對。不過那應該不是真的要讓她們湊成一對情侶，只是要拿來當成下酒的話題。

「什麼嘛。」

結衣香點了裝進一口杯的龍舌蘭，一口氣喝掉之後，便暢快地把杯子放到吧台上。這種喝法鈴音實在學不起來。

「不過，作為戀愛對象，倒也不是一點機會都沒有吧？」

「這個嘛……就如妳所說。我到現在還是很崇拜歌凜大人，況且我崇拜的偶像又很黏我。我第一次切身體會到，真愛粉說不定就是懷著這種心情。」

「什麼嘛，妳不就是真心愛上她了？」

「不是那樣的！只是打個比方，打個比方而已！只是在想說真愛粉是不是就這樣子愛上對方，或者誤以為對方喜歡上了自己，並不是在說我喔！」

「這可難說。」

結衣香呵呵笑，沉悶的氛圍隨著美酒一起被沖散。

大人就是這樣。

無論心裡掛念著誰，那份心緒都不會是虛假的，卻仍然會隨著時間流逝——儘管這很令人寂寞。

「而且……如果對她是真愛，那我絕對會索求比現況更進一步的關係。」

鈴音老老實實地透露。

「我應該會希望她為我撥出時間，但我不喜歡那樣。歌凜大人好不容易才拿下第一個常駐角色，我不想妨礙她。」

「那麼等到結束後呢？到了春天就都錄完了吧？之後再去索求也無妨呀？」

「就～說～了～！」

鈴音有點發火地瞪了結衣香。

「……只有我一個人付出真愛，也不會有結果啊……」

「對方不是也很崇拜小鈴嗎？沒人會崇拜自己討厭的對象，我覺得妳的機會很大呢。」

結衣香一副好像在講「這酒真好喝」的微笑，鈴音無法對那樣的她做出回應。

她完全成了結衣香的玩具。

真心希望對方別再戲弄她了。要是害她真的想跟歌凜發展關係，那該如何是好？更何況這次的動畫有很多百合人設，她已經每天都在跟自己天人交戰了。

希望結衣香別再對她展示那麼奢侈的夢想。

鈴音喝光梅酒，然後又叫了一杯。希望醉意能溶解心中那股與自己不相襯的心緒。

9

到了十二月，有一場「在宇宙邁進的樂園鯨」的開鏡聚會。

儘管不是所有的工作人員都有辦法參加，聚會的規模還是有到五十人。鈴音也是第一次有機會向原作者白長須老師打個招呼，覺得團結心與拚勁都有所提升了。

白長須老師是一位很害羞的人，他對大家的寒暄雖然短暫，依舊能體會到他對於自己的作品改編為動畫一事真的是非常高興。與這樣的原作者見面後便會約束自己，千萬不能做出會背叛這個人欣喜之情的演技。

至於歌凜，鈴音覺得她真的很厲害，完全進入了公務模式來散布偶像的微笑，讓周圍的人都內心飄飄然。鈴音覺得她那樣應該也讓大家的拚勁提高了好幾個層次。

從巳甘那裡聽說賀彌河麻實離開公司，是在聚會過後的事情。她好像會暫時以自由聲優的身分活動。

巳甘有拜託鈴音盡量不要對周遭透露賀彌河做過的事，但她本來就沒有半點要說出去的打算。鈴音是有對結衣香說過，但結衣香不會再傳出去。

另外還有兩人在同一時期離開了ＥＡＲＰＯ。

並不是賀彌河的狀況比較特別。每年都會有幾個人因為各種理由離開經紀公司，或是離開聲優這個行業。

每次聽說這種消息，鈴音都會深刻地體會到自己能持續這份工作是多麼可貴的一件事，自己也該時常思索身為一名演藝人員到底能夠做些什麼，要好好珍惜每一次的演出機會並且盡自己所能。

後來——第一次的錄音是在年底，在多少有點急促的氣氛下進行了。

歌凜儘管超乎以往地緊張，但她一開始後製錄音，便展現了不會讓人覺得是新手的膽量，令導演等人也積極地關注她，等於是自己提高了標準。會受到許多的指示或許也是因為這個原因，不過歌凜都一一克服，表現出良好的成果。

鈴音回頭時看見錄音亭另一側的導演等人的表情時——

（怎麼樣！知道我的偶像有多厲害了吧！）

心裡有這麼想的事情就保持祕密。

第二次錄音是在跨年後，因此「在宇宙邁進的樂園鯨」相關的年內工作，就只剩下平安夜當天的直播節目了。

『節目過後有什麼打算嗎？』

歌凜幾天前用這樣的訊息詢問鈴音。

『沒什麼特別的喔。』

『沒有行程啊？明明是平安夜耶？』

『煩欸。』

結衣香也說過那天她要去約會，所以不會陪鈴音。她好像一大早就要去入住，好好享受美肌保養那一類的。

『現在是一個人享受的時代。』

『那麼，我們兩人一起去吃飯吧。』

看見彈出來的訊息，鈴音覺得心臟好像要從嘴裡跳出來了。

最崇拜的偶像，居然主動邀我在平安夜約會！……不，那並不是約會，但仍是非常珍貴的一份大禮。

『可以啊。』

鈴音盡力做出平淡的回應。要是把現在的心情原封不動地打成文字，想必會讓人覺得滿噁心的吧。

『那這次要去的餐廳就由我來找嘍。』

歌凜如此回應。

（偶像的伴遊！）

鈴音沒辦法抑制她高漲的情緒。

跟自己最崇拜的偶像成為一對情侶的將來，會不會真的有可能實現呢——鈴音不禁有了這樣的想像。

心想不太可能有這種好事的同時，鈴音也覺得要是因為太期待平安夜而有點睡眠不足就不妙了，於是她立刻調整好生活節奏，好好地為那一天的到來做足準備。

一切都很順利。

鐘月歌凜離開對角線後以聲優的身分再出發，擔綱雙主角之一引起了不錯的熱度，「在宇宙邁進的樂園鯨」也十分引人矚目，每位相關人士都希望這個勢頭能夠持續到動畫開播的春季，人人士氣高漲。

然後到了平安夜當天……

鈴音心想「今天要跟歌凜吃飯，要穿哪件衣服去呢，內衣褲要怎麼選呢」，樂不可支地挑選衣服的時候——

手機顯示結衣香傳來訊息的通知。

畫面上出現「這樣沒問題嗎？」的字句，況且還貼了一段網址，鈴音便打開App並點選網址。

看見網址連到的網頁畫面的一瞬間，鈴音停止了呼吸。

「偶像團體『對角線』前C位鐘月歌凜，正與男人同居！」

那裡有著寫上這種大標題的報導。

☆

鈴音只能夠凝視畫面，沒有將那篇報導讀下去的勇氣，僅能聽見自己心臟跳動的聲音且僵在原地。

整個世界一片暈眩。心臟明明是以超乎尋常的速度跳得飛快，身體卻難以置信地冰冷至極。儘管如此，依舊有靜靜地冒出汗水。

鈴音不知道自己為什麼會動搖成這樣。那是偶像身上發生的事，並不是自己的事情。而且就算這種事發生在自己身上，她也覺得自己不會如此動搖。

明明知道應該要馬上聯絡歌凜詢問「還好嗎？」但她做不到。手指無法動彈。

她很害怕——害怕知道真相。鈴音會害怕的原因沒辦法化為明確的言語，卻也沒辦法直接這麼問：

『這是真的嗎？』

如果送出這樣的訊息，無論如何都只會帶起這個話題。

『沒事的。』

歌凜或許會平淡地如此回應，但對方如果真的那樣回，就彷彿在對鈴音說她幫不上任何忙一樣，令人害怕。

（──我是笨蛋嗎！）

鈴音緊緊捉住手機，用力到她的手指都發白了。

（現在不是想這種事情的時候吧！）

她覺得自己好沒用，對自己生氣，身子恢復了熱度。

（現在最害怕的，明明就是歌凜大人啊！在這種重要時刻，我當然要好好扶持偶像！）

鈴音把不中用的自己踢走，打開了App，傳送訊息。

『小凜，妳還好嗎？』

就傳了這樣短短一句。

而回應──並沒有傳過來。

鈴音一直站著，等了三十分鐘、等了一小時後，手機的畫面依舊沒有更新。雖然也沒有顯示已讀的標記，但這未必代表對方沒有看到訊息。由於句子很短，光看通知就能讀完了。

鈴音沒有發第二段訊息。既然第一段訊息並未得到回應，就代表歌凛沒有餘裕去面對，鈴音不能再繼續逼她。

這時手裡的手機忽然劇烈震動，鈴音差點沒抓好手機。

——不是歌凛打來的。

是巳甘。

她打算接起電話，卻發覺喉嚨非常乾。

得保養喉嚨才行——還有心力能夠立刻想到這點，以一名專業聲優來說是該有的作為，但鈴音對於除了擔心歌凛以外什麼也做不到的自己覺得有點落寞。讓結衣香來評論的話，她應該會說大人就是這樣吧。

鈴音用顫抖的手指接通了電話。

「……您好。」

『仙宮，妳聽說了嗎？』

鈴音吞下口水，潤濕喉嚨。

「……是說鐘月小姐的報導吧？我剛才看到了。」

自己說出口後才第一次有了「這件事應該不會只關乎歌凛一個人」的想法。

鈴音完全不曉得這會對「在宇宙邁進的樂園鯨」造成怎樣的影響，也絲毫不了解廣播節目會變成怎樣。

同居的男人是誰？單純是男朋友的話應該不會有什麼問題，但如果對方是已婚人士，現在的世局可就不會接受。如果是以這種形式為製作方帶來麻煩，以後說不定會有好一陣子都沒有製作委員會願意錄用歌凜。

『總之，妳去電台之前可以先來公司嗎？剛才我有聯絡上鐘月了，但她希望說明的時候妳也能在場。』

「要我在場？」

『對。她說無論如何都一定要。』

「我知道了。」

『那妳下午三點要到經紀公司。』

鈴音回了「是」之後便掛斷了電話。

總之先鬆了一口氣。經紀公司還是能聯絡到她。

可是，不知道為什麼，鈴音心中有股陰鬱的思緒，就像突如其來的雷雨之前，天上所凝聚的烏雲般湧現而出。

會希望自己在場，不曉得是不是因為自己是她廣播節目的搭檔。還是說，她想要盡快闡明自己有男朋友卻一直隱瞞的事情呢？

「……又不關我的事。」

鈴音沒辦法阻止自己的心情愈來愈扭曲。

不管歌凜有沒有男朋友，自己都只是經紀公司的聲優前輩而已，跟偶像的私生活沒有半點關聯——鈴音不禁有了這樣的想法。

對，她只是自己崇拜的偶像。

既然事情這麼嚴重，那麼比起鈴音的訊息，以經紀公司為優先可說是理所當然。

是因為對方相處得很親近，才讓鈴音有點誤會了。就算彼此是崇拜的偶像和粉絲，中間仍存在著一條界線。守住那條界線，本應是作為粉絲該守住的尊嚴。

「……好了，來確認劇本吧。」

鈴音開口這麼說，並且放下手機。

她沒有看那篇報導。

反正，再過幾個小時，她就會知道真相了，所以沒必要現在就花時間看。

這絕對不是因為自己害怕！

☆

鈴音到了經紀公司以後，便發覺電話響起的規模前所未見。感覺不管怎麼去接都接不完，公司職員也就一通接著一通逐一應對。

「不好意思，巳甘小姐在哪裡呢？」

這樣詢問之後，以下巴夾著話筒的職員便指向會議室。

「謝謝您。」

鈴音深深地低頭，隨即前往會議室。她敲了敲顯示為使用中的房間。

「是。」

裡頭傳來巳甘的聲音後，鈴音說了聲「我是仙宮」而得到了請她進去的回應。

鈴音一邊說「失禮了」一邊把門打開，便發覺歌凜已經先到了。看見歌凜臉蛋的那一刻，鈴音的胸口便刺痛了一下。

「早安。」

做了個很制式的寒暄以後，鈴音一如往常地在歌凜身旁坐下。

歌凜絲毫沒有看向鈴音，而是光明磊落地面向前方。

鈴音看見巳甘表露「妳要坐那邊啊」的神情，才發覺到自己也是要聽人說明的一方，坐在歌凜對面說不定才是正確的形式，卻已為時以晚。

「那種報導怎麼會這麼突然就出現了？」

巳甘還沒開口，鈴音就先問了出來。儘管語氣中不禁帶刺，她還是沒有覺得自己的態度不妥。

一般來說，在刊出報導前，雜誌那邊的人會先來確認真偽。而在確認真偽的時候，經紀公司會詢問當事人，藉此決定應對方式。

就這次的狀況來說，鈴音雖然不是當事人，卻也是相關人士，在報導刊登前都沒得到通知真的很不合理。

發生了不合邏輯的事。

「因為報導的出處是社群平台的貼文。貼文傳播開來，就被網路媒體拿來做文章了。」

巳甘拿平板給鈴音看。上面有著幾張照片，以及隨之寫下的痛斥歌凜的字句。

鈴音並不想看，但都走到這一步便不能不去了解。

照片上拍到了歌凜和男性親近地購物的樣子，還有兩人一起進入公寓的背影。

這讓鈴音受到了打擊。

雖說不曉得是什麼要素令人受到打擊，但就是受到打擊了。

鈴音感到暈眩，想要哭出來。

可是她覺得在此時此地哭出來的話會很奇怪，於是拚命忍耐住。然後，她的心緒稍微平靜了一點點，也在這個時候發現到某件事。

和照片一起貼出來的文章有種不協調的感覺。

文中並沒有「我終於拍到藝人的緋聞了」那種得償所願感或者興奮感，絕大部分的內容都充斥著對於「歌凜從對角線畢業了」的怨嘆。

「這個……」

不會讓人覺得是專業人士所寫的文章。

「八成是對角線的粉絲吧。」

巳甘把鈴音原本想講的話說完了。

「而且還跟到住家——這應該是妳的住處吧？」

被巳甘這麼一問，歌凜點了點頭。

「這樣啊……總之，既然連住處都被找到就真的很危險，這件事情我們也會聯絡警方，探討應對方式。」

巳甘把平板拿回去，關掉了畫面。

「我們公司的方針是只要沒影響到工作，就不會干預演藝人員的私生活……可是鐘月，就妳的狀況來說，公司也算是有用到妳『前偶像』的頭銜，所以我們還是得發出一篇聲明——實情究竟是怎樣呢？」

歌凜深思著什麼事情。

「如果是在交往，直接說在交往就可以了。若是出軌會很嚴重，但也有針對那種情況的聲明方式。總之，請妳不要對我們說謊。」

鈴音「咕嚕」一聲吞下了口水。她並不想聽，可是又不得不聽。因為這是歌凜所期望的。

歌凜堅定地看向巳甘：

「……他並不是我的男朋友。」

並且斬釘截鐵地這麼說。

（太好啦～～～！）

鈴音自己也搞不清楚為什麼會這麼地安心。她腦海裡浮現「從地獄轉為天堂」這樣的話語，況且覺得十分貼切。

她就覺得是這麼一回事。歌凜根本不可能有那副德行的另一半。雖然這種想法也滿失禮，但這樣真的是太好了。

「確定喔？」

「對。照片上的男人是我姊的男朋友。那天我姊有聯絡說會比較晚下班，我剛好有時間就去車站接他，在回家的路上去買晚餐的材料。我想就是那個時候被拍到的。」

「令姊的男朋友？」

巳甘像是要預防萬一而再三確認，歌凜點了點頭：

「是的。他跟我姊下個月要結婚，有些相關的事情需要討論，於是還滿常來的，那種時候就會由他來做晚餐。這次的事情已經跟他談過並且得到允許，可以對外發表他是我姊的男朋友，以及即將結婚的事。」

巳甘凝視著歌凜，歌凜並沒有迴避巳甘的視線。

鈴音接受了這樣的說法。

她本來就知道歌凜現在跟姊姊住在一起，既然那名男性是她姊的男朋友，況且都快要結婚，便跟歌凜的家人沒有什麼不同，也能理解照片上為什麼會散發親近感。

這樣就對了。既然鈴音完全沒有聽過歌凜提起關於她戀愛關係的事，這場緋聞就是該有這樣子的收尾。

巳甘說了聲「我了解了」表達同意。

「那麼，我們會將這個資訊放上官網，並對各媒體做出同樣的說明。我想今天的節目會變得很辛苦，妳還行嗎？畢竟那是直播，如果妳精神上撐不住，也是有只讓仙宮一個人獨撐的方式。」

「我沒問題。」

「不必勉強自己也沒關係喔。」

儘管鈴音這麼說，歌凜還是搖了搖頭。

「畢竟我有利用到曾為偶像的過往，會傳出緋聞的心理準備也早就做好了。這次的事情在我意料之外，把我姊扯進來也令我無法饒恕……但我不會逃避。」

「那就出發吧。」

巳甘拍掌了一下。

「接下來的事情我們會處理。仙宮，麻煩妳嘍。今天我是想跟妳們一起過去，但在這種狀況下人手真的會不夠。」

「嗯，交給我吧。」

面對輕敲胸口的鈴音，歌凜忽然露出有點脆弱的神情。

「真是不好意思，鈴音姊。」

「妳別在意，因為這根本就不是小凜的錯。要抬頭挺胸喔。」

「是。」

歌凜大動作地點了點頭。

儘管鈴音真心覺得歌凜該休息，但既然她本人表示想去工作，經紀人也都已經許可，鈴音便沒辦法去阻止她。

既然如此，鈴音該做的就是好好扶持她。

要全力支援鐘月歌凜。

那正就是長久以來「崇拜」她至今的自己，身為粉絲所能做的事情。

☆

到了廣播電台的時候，EARPO的網站上已經刊登經紀公司的正式說明，指出該名男性為歌凜親姊姊的男朋友，將會在近日結婚，同時也針對貼文者曝光歌凜住處的行為表示會與警方聯繫。除此之外，還註明了歌凜暫時不會返回住家。

畢竟事情已經發展成這樣，住處的詳細地址一定很快就會被人給找出來，無論怎麼警告想必都會有人跑去看，所以也只能以這種方式來應對。

確認節目流程的時候雖然沒有提到這方面的事情，但有人對歌凜和鈴音說可以不用邊看社群平台邊進行節目。

直播的時候每次都會觀看社群平台來複述聽眾的回饋，然而就算將特定的字眼消音，仍會有一些漏網之魚。

「這沒關係，我沒問題的。」

歌凜並未同意那種做法。這節目本身就只是動畫衍生的廣播節目，代表不該將聲優的私事帶進來。

鈴音也能理解歌凜那樣的心緒。就算會為了擴展談話內容而提及私生活，「鯨電台」依舊不是冠上她們名字的個人廣播節目。她們不想壓掉粉絲們期待這部動畫的心聲。

雖然也想聽聽巳甘的意見，但今天的節目並沒有她陪同。因為經紀公司需要對應各個單位，這裡只能靠鈴音和歌凜來撐過去。

「那麼，我們這裡也會隨時把漏掉的字眼一個個消音。一起加油吧。」

聽見廣播作家這麼說，歌凜的表情便有些許緩和。

事前討論結束後，工作人員全數離開房內，只剩下鈴音與歌凜兩人。

「對不起。」

歌凜說了這樣的話。

「決定要從對角線畢業的時候，我自認已經做好會被人講一堆流言蜚語的心理準備……可是，這果然還是有點令人害怕呢。」

「不是小凜的錯喔，妳不需要道歉。」

「但我到頭來還是像這樣讓工作人員以及經紀公司多了一道不必要的手續，很對不起他們。」

「保護演藝人員也是公司的經紀業務之一，所以沒關係的。畢竟那是他們的工作。工作人員會為我們著想，是因為他們很溫柔喔。現在就依賴他們吧。」

歌凜想必也很理解這種事情。

只不過，刻意將這種事化作言語說出口可是十分重要。話語當中確實會飽含力量。話語和嗓音都會挾帶發話者的魂魄，蘊含力量。

聲優能夠達成這樣的事。要是做不到，又怎麼好意思說自己是聲優呢？

「……可以請妳……牽住我的手嗎？」

歌凜的嗓音有些微顫抖。

鈴音像是要包覆歌凜膝上的手一般，用自己的手蓋了上去。歌凜的手非常冰冷。鈴音緊緊地牽住她的手，盡量給予她溫暖。

歌凜沒有看向鈴音，而是筆直地面向前方。就算在這種狀況下，歌凜的側臉還是非常地美，凜然而立。

「——仙宮小姐、鐘月小姐，請就定位～」

門扉的另一側，傳來了工作人員的呼喚聲。

「……我們走吧。」

歌凜的側臉散發「怎麼可以認輸！」這樣的決心，並且站起身來。

鈴音也回她一聲「嗯」而站了起來。

雖說鈴音不想放開歌凜那一直都很冰冷的手，但在走出房間前終究還是鬆開了與她交扣的手指，些許的暖意也立刻消散了。

☆

「鯨電台～」

由兩人一起念的節目標題，今晚也是很漂亮的和聲，默契很好。歌凜坐在鈴音對面，神情在表面上看似很開朗。

兩人一如以往地獨自待在錄音亭，廣播作家與導播在控制室守望著她們。鈴音覺得他們看起來好像比平時還要多操心了那麼一點點，不曉得是不是自己想太多。

「今晚也開始了——我是飾演美幸博士的仙宮鈴音。」

「我是飾演天見遙的鐘月歌凜。」

「今晚的『鯨電台』是現場直播……今天是平安夜喔，小凜。」

「是呢。不過這裡一點也沒有耶誕節的氣氛。」

「也對啦。還想說至少會有棵耶誕樹，結果真的還是跟平常一模一樣，感覺有點寂寞……我需要點溫柔。」

「為什麼要看我？我沒準備禮物之類的喔？」

「咦……」

胸口有點刺痛。鈴音能理解歌凜現在面對的事情並不好受，但這是鈴音反射性產生的心緒，沒辦法控制。

（我可是有準備的喔，歌凜大人！不是為了節目準備，是私下要送妳的。）

她是打算在一起吃飯的時候送給歌凜，但不曉得有沒辦法多少為歌凜帶來安慰。

「先別說這個了。」歌凜轉換了話題。

「我今天是搭計程車過來的，耶誕燈飾非常地漂亮喔。不過在那亮晶晶的燈光下盡是情侶就是了。」

鈴音嚇了一跳。

沒想到她居然會在今天這個晚上提起這個話題。

確實，平安夜一定是會聊到情侶這種話題，路途中看見的燈飾底下也都充斥著情侶，但考量到今天發生的事，便不見得一定要提起。

只不過，既然歌凜已經下定決心要提這些，鈴音就不該膽怯。

然而——

『別再擴展這個話題。』

導播的指示透過監聽耳機傳來。

既然這樣就沒辦法了。

將開場白的談話做了一個收尾，進入下一個部分。

「嗯，那麼，今天也來看看有上主題標籤的貼文吧。我看看啊……」

點按平板電腦，讓有上主題標籤的留言顯示出來。

鈴音嚇了一大跳。

接二連三更新的留言，正是湍急的惡意濁流。

以前從來沒發生這種事。

由於會發文的都是原作或者鈴音、歌凜的粉絲，所以之前的留言都很溫暖。

但今天晚上並不一樣。

充斥對於經紀公司發表內容的懷疑、戲謔，有時甚至帶有性暗示的揶揄文章吞噬了表達支持的少數留言，將其沖散。

『喂，消音沒消到喔！』

『咦？奇怪！』

這樣的聲音從監聽耳機傳來。

鈴音嚇得睜大眼睛，視線從平板轉向歌凜。

歌凜的臉上失去血色，枯黃得跟泥土一樣。

儘管表情有堅持住而維持平靜，但她的嘴唇變為紫色，長長的睫毛在動搖，纖細白皙的脖子痙攣似的顫抖。

歌凜還在對角線的時候，無論哪一位團員都沒有被捲入這樣子的緋聞。

鈴音她當然也沒有。

只是，聲優可以瞬間理解角色的心情並且融入角色當中。這是高度共感性所帶來的天賦。

所以，鈴音能夠切身體會歌凜現在的心緒，以及情感。

站在自己這一方的人逐漸消失。

這世界的一切都與自己為敵，沒有救贖——歌凜一定是這麼想的。

（我得說些什麼才行——）

維持現狀的話，這節目一定會出事。

可是該說什麼？

就直接一笑置之？小凜——自己最崇拜的偶像被誹謗成這樣，還要當作沒有發生一樣？

（那種事情怎麼可能做到！）

鈴音用力咬緊了牙根。

就算沒辦法視而不見，也不能怒罵發出那些貼文的人。那並不是專業人士該有的行為。

既然如此，自己現在能做的，就是讓歌凜知道這裡有人站在她那一邊。

可是，要怎麼講？

鈴音沒有頭緒。無論怎麼去撈都還是找不到適當的話語。

光芒逐漸從歌凜眼裡流失。

（不行，先等一下！）

鈴音立刻追過去。結果，從她的嘴唇裡溜出去的是——

「……喜歡。」

歌凜張大了眼睛，差點要消失的光芒有一點點回來。

這一刻，彷彿每一片拼圖都拼至正確的位置，鈴音理解了自己的思緒。

（啊，原來如此……）

鈴音早就喜歡上歌凜了。

只是佯裝成熟，當成自己沒察覺到而已。

鈴音目睹前對角線成員親吻歌凜臉頰時會覺得不是滋味，看見緋聞報導時會覺得受到打擊，還有對於那些誹謗中傷的留言會如此地怒不可遏——這一切，都是因為她喜歡歌凜。

她並沒有只把對方當成偶像，而是將對方視為一位叫做「歌凜」的女孩子，並且產生了戀情！

「因為我喜歡。」

儘管現場直播正在進行，鈴音的內心依舊絲毫沒有動搖。既然已經決定要這麼做，那要鎮定下來就很容易。

從以前就是這樣。

她曾被人誇獎過膽子很大。只要站到舞台上，面前有麥克風，便能立刻轉變態度。一點都不可怕。

反而是坐在對面的歌凜一臉混亂地看著鈴音。

睜得大大的眼睛顯得動搖，修長的睫毛阻擋了些微滲出的淚水，卻也正在顫抖。觸碰斜前方那座平板電腦的手指，則是一直僵住不動。

不過，她直到不久前都還面色發青的臉頰，依舊恢復了些許的紅潤。

既然如此，沒問題。

鈴音從監聽耳機察覺到控制室窗戶後的大人們正不知如何是好，但她選擇不予理會。

現在一定要說出口讓歌凜知道——讓她知道，她最靠得住的夥伴就在這裡。
「……我這句話，並不是演給觀眾看的。」
鈴音筆直地注視歌凜，斬釘截鐵地這麼說。
「——我喜歡妳。」
這一瞬間，時間停止了。
留言也都中斷，監聽耳機同樣聽不見任何聲音。
歌凜睜大的眼睛當中，輕聲落下了一滴淚水，鈴音則是期待著歌凜接著說出很浪漫的回應。比方說「我也喜歡妳」這樣的話語。
然而，歌凜接下來的行動可是大相逕庭。
她那形狀很美的眉毛大幅度地挑起，好像生氣了一樣，急忙伸出去的手則是關掉了鈴音的麥克風。
「先等一下啊，仙宮小姐！妳又沒有念出留言，不就分不清楚是在對什麼說喜歡嗎！好啦！那現在就來放一首歌！」
察覺歌凜有照劇本推進內容，大人們便忙碌了起來。
「說到耶誕節必備的歌曲，就是這首了！請各位收聽！」
前奏開始播放，歌凜也將自己的麥克風關了起來，卸下監聽耳機，並且站起來捉住鈴音的手腕。

「不好意思！我們離開一下！」

沒有要等待那些大人回覆，歌凜就拉起鈴音的手臂，衝出了錄音亭。

☆

「……妳那是怎樣啊？」

被拋進休息室裡頭後，鈴音差點就要跌倒，但還是想辦法撐住了。回過身去一看，便發覺歌凜將手伸至背後把門鎖了起來。

太好了。

之前像個死人的那張臉恢復血色了。歌凜看起來在生氣，但總比沮喪要好。

「說什麼喜歡？說什麼不是演給人看的？這可是直播喔！妳知道嗎！」

「嗯。」

已經沒有迷惘的心緒，不會因為這點程度就退縮。

「可是，我並不後悔喔。因為啊，看來我算是有好好讓妳體會到，妳在這個世界有著最強的夥伴。啊。先說清楚喔，我不是因為方便圓場才那麼說的，是真的喜歡妳。哎呀，沒想到自己不知不覺就變成真愛粉了耶，真是出乎意料～」

鈴音「啊哈哈」笑了出來。

她的情緒真的不太對勁。或許是為了逃避自己其實把情況給搞砸的事實，心緒有所分離了也說不定。

「但妳不必在意也沒關係的喔。我指的並不是……想要跟妳交往之類的……不，不太對呢。雖然我的想法是這樣，但我自己也算是還沒整理好心情吧。」

鈴音「啪」的一聲兩手合十。

「這是單相思！只是我單方面喜歡妳而已！沒問題的！工作我會好好地做！所以今後也像之前那樣相處就好了，可以嗎？」

「——受不了耶！」

鈴音自顧自地說個不停之後，歌凜就好像要擒抱一般，緊緊地擁住鈴音。

「妳怎麼都自顧自的講出那種話！我的百合人設也不是演給觀眾看的啊！」

歌凜在鈴音的耳邊吶喊，令她的內耳產生了耳鳴。這音量真不得了。

「要講真愛粉的話，我也一直都是真愛粉啊！鈴音姊妳這笨蛋！既然如此，妳就早點對我說嘛！冒出那種報導後，我可是一直在想要是被妳誤會該怎麼辦！」

「那個……難不成，妳要我在經紀公司聽妳說明，不是因為有宇宙鯨的事情？」

維持在被緊緊抱住的狀態下，鈴音如此發問。歌凜那超乎鈴音想像的力道，還有頭髮所散發出的氣味，都讓鈴音有點暈眩。

「不是那樣的！即使早一分鐘、早一秒鐘也好，我就是想要解開誤會！」

「原來如此……」

鈴音算是鬆了一口氣。心中一放下重擔，慾望便膨脹而湧現。

「……是說，可以親一下嗎？」

「不要。」

歌凜立刻拒絕。

她往後移開身子，正面面對鈴音。

「明明是第一次……我絕對不要隨波逐流就親。」

她的臉紅通通的。

鈴音高興地心想「原來人可以紅成這樣啊」。

「那……如果是今晚吃完飯以後——」

「那種事情就算心裡有底也不會說出來！」

歌凜又對鈴音發火了。

不過，她這次可就沒說不能接吻。現在只要這樣就足夠了。

「——仙宮小姐！鐘月小姐！快回到錄音亭！」

門扉的另一側，傳來工作人員呼喚她們的聲音。

「小凜，妳已經沒事了吧？」

對於鈴音的提問，鐘月歌凜說了聲「那還用說」並且笑了出來。光是能讓她露出這個笑容，無論接下來會遇到什麼事情，鈴音都不會害怕。

「——不好意思！」

打開門扉後，兩人便衝出了休息室。

☆

到頭來，平安夜的直播並沒有出事。

鈴音和歌凜在歌曲即將結束的前一刻回到錄音亭，直播彷彿什麼事也沒發生般地繼續，兩人平安地撐了過去。

網路上有一小段時間，由於不曉得鈴音那些話是怎麼一回事而稍微引起了騷動。但後來大家認為應該是百合人設沒有做到位，騷動因而平息。

儘管如此，現場人員依舊知道那是一場意外。

「真的很對不起！」

直播結束後，鈴音打從心底對工作人員致歉。如果可以，她其實想要下跪磕頭，但她覺得那麼做應該會被人認為很不正經，於是打消了念頭。

仔細想想，她其實也知道直播中不該有那種行為。然而，那個時候她就是覺得當下只能那麼做。她的心裡頭只有想方設法救助歌凜的心緒。她也很驚訝，沒想到自己居然那麼有行動力。

「真的非常抱歉！」

歌凜也一起陪她道歉了。雖說實際上讓直播停止的人是歌凜，但令她那麼做的人是鈴音，鈴音覺得歌凜不需負起責任。但歌凜跟著道歉，還是讓鈴音滿高興的。

急忙趕來的巳甘也比她們兩人更加誠懇地道了歉。看見巳甘那樣的身影，鈴音更加深刻地體會到自己所造成的過失是有多麼嚴重，差點就要迸出淚水。

然而——

「不，這也是我們的失誤。居然會沒有消音到……真的很抱歉。是我們思慮不周。今天真的不該用主題標籤的。」

導播卻對她們這麼說。這讓鈴音非常地感激，同時也非常地過意不去。

後來巳甘很沉穩地發起火來，讓鈴音怕到不行。她第一次體會到，原來那比大聲怒罵還要可怕。

已甘表示說這次算是事出有因，就只有這次會睜一隻眼閉一隻眼，再三叮嚀不能再有下次。

在網路上貼出緋聞的人後來好像被找到了。

鈴音是沒聽說公司跟那個人談了些什麼，但那個人刪除了帳號，還簽下了切結書。

儘管如此，已經散播出去的住處資訊依舊收不回來，所以歌凜就搬家了。移居的地方，和鈴音是同一棟公寓。

雖說房間不同，但她們現在是會頻繁往來各自家裡的親近關係。

「——所以呢？平安夜到底怎樣？妳們不是有去吃飯？後來都做了些什麼啊？」

結衣香有好幾次這麼逼問鈴音，但鈴音總是笑著敷衍過去。

那天晚上的事情可是寶物。

如果有什麼能說的，就只有這一句話。

仙宮鈴音與鐘月歌凜兩人之間的「百合」行徑——已經不是演給人看的「百合人設」。

（完）

後記

各位，好久不見了！我是アサクラネル！

雖說又隔了一年以上，但總算成功推出了第三本作品！

太好了——！

出完前面兩本作品以後，我被鄭重宣告說不能再寫色情的書，也就代表我最擅長的絕招遭到封印……既然如此，沒有情色部分，難道就沒辦法呈現我心中洶湧沸騰的萌感了嗎——對此做出挑戰的就是這部作品！

看過前作《與其喜歡他，不如選我吧？》的讀者應該知道，ネル我最喜歡百合了。而且，其實比起一絲不掛地做出色色的事情，我更喜歡的就是能夠妄想其關係性的，日常生活卿卿我我的相處方式！

所以，我一直覺得聲優之間稱作百合人設的事物，還有女性偶像團體在後台的私生活風格照片十分地崇高尊貴。

可惜的是這陣子因為新冠肺炎的關係而很難看到那些，令我覺得遺憾，所以我就打算自己寫了。

寫出來的，便是這本作品！

當然，本作品並非真實故事，登場人物為虛構存在，與實際存在的地區、法人、個人、公司、團體、業界等沒有任何關聯。

真要說起來，這個世界就是沒有新冠肺炎的多元宇宙！這詞彙真方便。多元宇宙。

所以說，作為商業賣點的百合人設還是很繁盛的！

事情就是這樣，還請別說「以業界角度來看這樣很怪」之類的話喔！再怎麼樣都是多元宇宙！在這個世界裡，ネル心目中的業界就是這樣！

那麼，希望我們能在下一本作品再相見！

二〇二二年　年末

アサクラ　ネル

※本作（包含後記）為虛構作品，與實際存在之地點、個人、法人、公司、團體無關。

國家圖書館出版品預行編目資料

妳以為我的百合人設只是商業賣點? / アサクラネル作 ; 李君暉譯. -- 初版. -- 臺北市 : 臺灣角川股份有限公司, 2024.05

面 ;　公分

譯自 : わたしの百合も、営業だと思った？

ISBN 978-626-378-941-8(平裝)

861.57　　113003139

Kadokawa
Fantastic
Novels

妳以為我的百合人設只是商業賣點？

（原著名：わたしの百合も、営業だと思った？）

2024年5月22日 初版第1刷發行

作　　者：アサクラネル
插　　畫：千種みのり
譯　　者：李君暉

發 行 人：台灣角川股份有限公司
總　　監：呂慧君
總 編 輯：蔡佩芬
主　　編：林秀儒
編　　輯：邱瓈萱
設計指導：陳晞叡
美術設計：莊捷寧
印　　務：李明修（主任）、張加恩（主任）、張凱棋、潘尚琪

發 行 所：台灣角川股份有限公司
地　　址：104台北市中山區松江路223號3樓
電　　話：（02）2515-3000
傳　　真：（02）2515-0033
網　　址：www.kadokawa.com.tw
劃撥帳戶：台灣角川股份有限公司
劃撥帳號：19487412
法律顧問：有澤法律事務所
製　　版：尚騰印刷事業有限公司
ISBN：978-626-378-941-8
